Le Rendez-Vous de Bergen

Álvaro Mutis aux Éditions Grasset

Le Dernier Visage
Les Éléments du désastre

Les Cahiers Rouges :

Abdul Bashur, le rêveur de navires
Le Dernier Visage
La Dernière Escale du tramp steamer
Ilona vient avec la pluie
La Neige de l'amiral
Le Rendez-Vous de Bergen

Les tribulations de Maqroll le Gabier

La Neige de l'amiral
Ilona vient avec la pluie
Un bel morir
La Dernière Escale du tramp steamer
Écoute-moi, Amirbar
Abdul Bashur, le rêveur de navires
Le Rendez-Vous de Bergen

ÁLVARO MUTIS

Le Rendez-Vous de Bergen

Traduit de l'espagnol par
FRANÇOIS MASPERO

Bernard Grasset
Paris

Titre original :

TRÍPTICO DE MAR Y TIERRA

ISBN 978-2-246-79995-5
ISSN 0756-7170

Le Rendez-Vous de Bergen/Álvaro Mutis

*Álvaro Mutis est né le 25 août 1923 à Bogotá. A l'âge de deux
ans, il quitte la Colombie pour Bruxelles où son père, Santiago
Mutis Davila, a été nommé attaché d'ambassade. En Belgique,
il effectue ses études primaires et une partie de ses études secon-
daires. Il restera marqué à vie par la culture européenne et, plus
particulièrement, l'histoire de France, qui parsèmera son œuvre.
En 1932, son père meurt ; la famille Mutis quitte l'Europe pour
revenir en Colombie. Álvaro, sa mère et son frère Leopoldo,
s'installent dans un domaine agricole, la Hacienda Coello. Álvaro abandonne ses études pour se consacrer à l'écriture et pu-
blie ses premiers poèmes et articles dans* El Tiempo *et* El Espec-
tador, *deux des plus importants journaux de Bogotá. Il se marie
à l'âge de 18 ans et commence une carrière de chef de publicité
avant d'être chargé de relations publiques pour diverses compa-
gnies pétrolières comme* Standard oil *ou* Esso. *En 1947 paraît
son premier recueil de poésie,* La Balanza. *Mais son premier succès d'estime ne vient qu'en 1952, avec son deuxième livre,* Los
elementos del desastre, *publié par Losada, une des plus presti-
gieuses maisons d'édition argentines. A cette même époque, il se*

lie d'amitié avec Gabriel García Márquez, qui lui dédiera plusieurs de ses ouvrages.

En 1956, une affaire de malversations financières le pousse à quitter une nouvelle fois la Colombie. Il s'exile à Mexico où il continue d'écrire et poursuit sa carrière de publicitaire. La fuite ne dure qu'un temps et Interpol le retrouve en 1959. Il est incarcéré pendant quinze mois à la prison de Lecumberri. De cette période naît son premier livre de récit, Diario de Lecumberri *qui relate sa détention. A sa libération, il reste au Mexique où il continue à publier des recueils de poésies. Sa notoriété s'accroît et, en 1973, un premier ouvrage regroupant l'ensemble de son œuvre poétique est publié à Barcelone sous le titre :* Suma de Maqroll el Gaviero. *Les éditions Grasset publient en 1992 l'intégralité de ses poèmes écrits entre 1947 et 1985 dans un recueil traduit par François Maspero :* Les éléments du désastre.

Incontournable en poésie, Mutis s'affirme comme romancier. D'abord avec « La maison de Araucaima », qui paraît en 1974 et rencontre un certain succès ; la consécration vient en 1985 avec La Neige de l'Amiral, *premier tome d'une trilogie qui raconte les tribulations de l'aventurier Maqroll à travers l'Amérique du Sud. Le livre reçoit le prix Médicis étranger lors de sa parution en France en 1989. La série se poursuit avec* Illona vient avec la pluie *et se conclut avec* Un bel morir. *On retrouve le héros de ces romans, Maqroll le Gabier, dans un autre ouvrage paru en 1992,* La Dernière Escale du tramp steamer. *En 1997, il reçoit le prix Prince des Asturies.*

Ce recueil de trois nouvelles est le dernier livre qui relate les aventures de Maqroll le Gabier, le héros légendaire de tous les romans d'Álvaro Mutis. Le premier et le dernier récit de cet ouvrage sont chronologiquement liés. Dans « Le Rendez-vous de Bergen », Maqroll voyage en compagnie de son vieil ami Sverre Jensen, un marin norvégien. Lors d'une escale à Saint-Malo,

Sverre décide subitement de rentrer en Norvège et embarque sur le premier cargo pour Bergen. Ce n'est que plusieurs semaines plus tard que Maqroll reçoit une lettre d'adieu où son compagnon lui explique les raisons de son suicide : « C'est tout, Maqroll de tous les démons. Assez de discours. Je m'en vais, et je remercie la vie de m'avoir faire croiser votre route. Oui, c'est tout. Continuez d'aller de désastre en désastre en parcourant le monde. » Pour Maqroll, ce décès marque la fin d'une vie d'aventures sans attache.

Dans « Jamil », l'écrivain fait le récit de ses retrouvailles avec Maqroll dans l'île de Majorque. On y découvre un homme tourmenté par la mort de ses proches (comme Sverre Jensen), très éloigné de l'aventurier intrépide que l'on avait connu. Ce n'est que lorsque la veuve d'Abdul Bashur lui demande de s'occuper de Jamil, le fils de son ami défunt, que Maqroll retrouve le sens de son existence : « C'est ainsi que commença pour moi une nouvelle vie : chaque heure du jour et de la nuit était habitée par cet être à qui je faisais découvrir le monde en le tenant par la main, et qui me donnait en même temps une leçon que je croyais pourtant savoir depuis toujours. » En épigraphe, Mutis a placé une citation de Saint-John Perse : « Sinon l'enfance, qu'y avait-il alors qu'il n'y a plus ? » Il renoue ici avec un des leitmotivs de son œuvre : « La plus grande tragédie de l'homme est de devoir quitter l'enfance. »

La troisième nouvelle, quant à elle, est l'histoire rêvée de la rencontre entre Maqroll et le peintre colombien Alejandro Obregón. Ils se lient d'amitié et discutent de sujets toujours plus farfelus, comme celui de la vie des chats d'Istanbul. Voici Mutis écrivain de l'absurde.

Et ainsi s'achève l'immense fresque de l'aventurier Maqroll, alter ego d'Álvaro Mutis qui le présente lui-même comme le double qu'il s'est choisi pour « affronter l'échec de l'Histoire dans laquelle nous sommes ». Pour Mutis, le gabier (le matelot qui coordonne les manœuvres) est la figure même du poète qui doit être « la vigie pour tous les hommes ». Au terme d'une vie toute de péripéties et d'action, c'est un symbole, celui de l'enfance, qui lui permet d'éviter une chute qui paraissait certaine. La paix de l'âme est enfin trouvée.

Si l'on a réuni ici ces trois expériences vécues par Maqroll le Gabier, c'est qu'elles lui ont révélé, chacune à sa manière et en son temps, des régions de l'âme qui lui étaient encore inconnues et dont la découverte l'a marqué pour le reste de ses jours. Il n'en parlait guère et, quand il le faisait, il cherchait quelques détours prudents afin d'éviter de se retrouver plongé trop brutalement dans les heures difficiles qu'il avait alors traversées. Il y faisait allusion par des phrases sibyllines, dont la plus fréquente était : « J'ai longé des abîmes auprès desquels la mort n'est qu'un théâtre de marionnettes. » Notre ami n'était pas très porté sur ces évocations et nous avons dû attendre longtemps pour savoir, de sa bouche ou de celles de gens qu'il aimait, en quoi ont consisté ces carrefours qui l'ont obligé à forcer le destin.

A.M.

Le Rendez-Vous de Bergen

Günlük islerdenmis gïbï ölüm
(Comme si la mort était une
routine)

Ilhan Berk

Que cela me soit arrivé à Brighton, tous ceux qui connaissent cette populaire station balnéaire du Sussex admettront que la chose est naturelle et qu'elle était prévisible. Brighton est cet endroit où les Londoniens tiennent absolument à ce que l'on goûte aux joies de la mer au milieu d'un entassement sinistre de constructions victoriennes, complétées par d'autres de style édouardien qui dépassent l'imagination la plus enfiévrée ; cet endroit où tous les bars, même le plus modeste, se font un devoir de vous servir le seul whisky que vous n'aimez pas, où les femmes vous proposent dans les rues et sur le front de mer immense, désolé, battu par des flots gris et glacés, une longue liste de caresses qui, à l'heure de la vérité, se transforment en une version homéopathique et accélérée de ce qu'un anglican entend par plaisir ; cet endroit enfin où, dès que l'on y débarque, on sait qu'il n'y a rien à espérer. C'est là que j'ai dû garder le lit pendant trois jours dans une pension minable, et que la dysenterie et l'épuisement ont bien failli me régler mon compte une fois pour toutes.

J'étais venu à Brighton pour y retrouver Sverre Jensen, mon vieil ami et complice des campagnes de pêche en Alaska et au large des côtes de la Colombie britannique. Lui, pour sa part, y avait donné rendez-vous à un armateur qu'un grave accident cardiaque avait contraint à la retraite et qui, de temps en temps, nous facilitait l'armement d'un bateau de pêche pour notre travail. Avant de prendre le train, à Londres, j'avais déjeuné dans un restaurant thaïlandais proche du Strand et je m'étais rendu compte que le plateau d'oursins qu'on m'y avait servi n'était pas de la première fraîcheur. Dans le doute et comme improbable antidote, j'avais commandé une bouteille d'un vin portugais qui s'était révélé tout aussi douteux. Bref, les premiers spasmes commencèrent avant l'arrivée à Brighton. En réunissant ce qui me restait de forces, je me rendis à la maison de notre armateur, mais personne ne répondit à mon appel. L'endroit paraissait vide. Toutes mes articulations me faisaient mal, et ma tête était transformée en cloche implacablement martelée de coups qui me laissaient pratiquement aveugle et sans souffle. Un taxi me conduisit à la pension que Jensen m'avait recommandée. Elle se trouvait dans une ruelle sombre qui portait le nom peu encourageant de Monkeyhead Lane. La patronne, une opulente Italienne avec un début de moustache, me fit remplir ma fiche et me remit la clef de la chambre qui était au quatrième étage. Chaque marche fut pour moi la station d'un interminable chemin de croix. Peu après, la patronne me monta une tisane amère sur laquelle flottaient les reflets irisés d'une substance huileuse que je préférai ne pas identifier. L'autorité de la femme, à qui j'avais expliqué mon intoxication par les oursins londoniens, m'empêcha de manifester une quelconque résistance, et je bus la potion comme je pus. Le traitement dura trois jours, pendant lesquels je ne pris pour tout aliment que ce remède infernal. Quand je parvins à me lever et à marcher un peu, j'étais guéri mais j'avais l'impression d'être un nonagénaire qui essaye de profiter des derniers mois de son existence.

Je ne connaissais personne à Brighton. Un été, des années auparavant, à l'occasion d'un de ces soudains coups de tête d'Ilona qu'elle appelait *l'appel de mon sang slave*, nous nous y étions arrêtés avec l'intention d'y rester quelques semaines. J'ignore l'idée que ma malheureuse amie s'était forgée des merveilles du lieu ; je sais seulement qu'au bout de deux semaines passées à faire l'amour dans un réduit où régnait une insupportable odeur de cuisine anglaise, nous décidâmes de partir pour Trieste, où une cousine d'Ilona nous accueillit comme si nous arrivions du lieu le plus déshérité de la terre. Quand je racontai à notre hôtesse l'odeur qui envahissait notre chambre de Brighton, Ilona rectifia :

— Le Gabier dit que ça sentait la cuisine anglaise. Moi je trouve que ça sentait surtout ce que mangeaient les Pictes : leurs illustres descendants n'ont pas dû faire beaucoup de progrès.

Tels étaient mon seul souvenir et ma seule expérience, plutôt décevante, de la célèbre station balnéaire anglaise.

Tout mon corps était encore douloureux comme si j'avais été roué de coups ; je décidai néanmoins de retourner chez l'armateur gallois, qui répondait au nom sonore de Glanmor Conway. Cette fois, je fus accueilli par une jeune fille qui affectait un maintien timide, une de ces Anglaises typiques dont la peau transparente et l'air légèrement évaporé abritent une énergie sans limites et toute la panoplie des ruses nécessaires pour se défendre dans la vie. Leur expression d'innocence peut tromper quelqu'un qui n'est pas familiarisé avec cette espèce redoutable. Je me nommai et lui expliquai que j'avais rendez-vous avec Mr Conway. La jeune fille me conduisit dans ce qui devait être le bureau du maître de céans. Elle m'indiqua une chaise, m'invita à m'y asseoir et fit de même dans le fauteuil qui, de toute évidence, était réservé à l'armateur. Je dus laisser transparaître ma surprise devant ce que je jugeai un étrange sans-gêne, car Cathy – c'était le nom que la jeune fille m'avait donné quand je lui avais dit le mien en arrivant – m'expliqua, en gardant ses yeux d'un bleu très pâle fixés sur ce point lointain que contemplent tous les simulateurs-nés :

— Glanmor est le grand-oncle de ma mère et, à la mort de celle-ci, il m'a prise chez lui. Je n'ai pas d'autres parents. Mon père a disparu dans le naufrage du *Lady Ann* dont vous vous souvenez certainement.

En effet, je me souvenais de la perte de ce vieux *tramp steamer* appartenant à Conway qui avait heurté de plein fouet une mine dans l'entrée du port d'Aarhus au Danemark. Cela devait remonter à une vingtaine d'années.

Là-dessus, Cathy m'expliqua que Glanmor lui avait laissé pour instructions de nous héberger, Sverre Jensen et moi, jusqu'à son retour. Il avait été obligé de s'absenter quelques jours pour régler une affaire à Bristol. Je connaissais Conway depuis des années et, si cordial qu'il fût, cette offre d'hospitalité était insolite. Je l'acceptai cependant, car j'étais presque à bout de ressources, et la statue italienne et moustachue n'avait pas l'air d'être du genre à faire longtemps crédit. Je demandai à Cathy si elle avait des nouvelles de mon ami norvégien et elle me répondit que non, mais que Conway l'avait prévenue qu'il arriverait à peu près en même temps que moi. Je l'informai donc que je reviendrais très bientôt avec mes affaires. Elle eut un sourire mi-poli, mi-coquin qui m'inquiéta un peu. Quand je revins de la pension, mon sac de marin sur l'épaule, Cathy me conduisit dans une soupente par une série d'escaliers très raides qui me laissèrent pratiquement sans souffle. Nous pénétrâmes dans une pièce spacieuse où se trouvaient deux lits, chacun sous une lucarne à crémaillère, une grosse armoire XVIIIe et tout un fatras de longues-vues, boussoles et autres instruments de navigation impossibles à identifier sur lesquels on butait à chaque pas. Le cabinet de toilette était au bout d'un étroit couloir qui traversait les combles de part en part. Elle m'indiqua également la chambre où elle couchait et qui était contiguë au cabinet de toilette. Elle le fit d'un air indifférent, comme on donne une information banale. J'avais du mal à admettre que la nièce puisse à la fois loger sous les combles et jouir du privilège de s'asseoir dans le fauteuil avunculaire. Je regagnai ma soupente, sortis les trois ou quatre livres que j'ai toujours avec moi, et rangeai mon sac et mes hardes dans la grande armoire qui geignait comme une bête fatiguée. Cathy disparut, et je ne l'entendis pas descendre l'escalier. Je comprenais maintenant pourquoi, à mon premier passage, personne n'était venu m'ouvrir. La jeune fille devait être enfermée dans sa chambre, et le bruit de la sonnette n'y parvenait pas. Je trouvais la situation décidément insolite, mais je savais aussi qu'on peut s'attendre à tout avec les Anglais : je décidai de m'étendre sur mon lit pour me reposer un peu. Le déménagement m'avait épuisé, et ma convalescence s'annonçait plus difficile que je ne l'avais prévu.

Je gardai la chambre le reste de la journée. A deux reprises, Cathy monta avec du thé et des toasts. Je ne pouvais rien absorber d'autre sans avoir des nausées. J'appris de la sorte beaucoup de choses, pas toutes édifiantes et certaines même fort sombres, sur la vie de Glanmor Conway. A son arrivée chez son oncle, Cathy n'était pas encore adolescente. Conway l'avait employée aux travaux domestiques sous les ordres d'une vieille servante originaire du pays de Galles qui ne parlait qu'un anglais rudimentaire. Puis Cathy était devenue une vraie femme, et l'homme avait réexpédié la vieille dans son hameau perdu des monts de Radnor pour mettre la jeune fille dans son lit et lui faire tenir la maison. Conway avait soixante-dix ans bien sonnés et une nature profondément méfiante. Il ne la laissait jamais sortir, sauf pour aller à l'épicerie du coin, et encore contrôlait-il étroitement le temps que cela lui prenait. Il semblait que le vieux avait peu à peu cessé ses rapports avec la jeune fille et ne s'en servait plus maintenant que comme servante.

Le surlendemain de mon arrivée dans la maison de l'armateur, Cathy fit son apparition dans la nuit, avec un drap pour tout vêtement, se glissa contre moi et me couvrit de caresses. Nous passâmes la nuit ensemble, et la jeune fille me parut plus innocente que je ne l'avais supposé, même si, à chaque étreinte, elle entrait dans une sorte de transe où il était bien difficile de faire la part de la simulation et de la sincérité. Je me rendais bien compte que je ne faisais ainsi que compliquer ma situation déjà précaire. Enfin Sverre Jensen arriva, et j'éprouvai un sentiment de délivrance. Je le mis au courant et il me dévisagea avec un étonnement sincère. Quand j'eus fini mon histoire, il se borna à constater avec son laconisme habituel :

— Il y a là-dedans une chose qui ne colle pas avec ce que je sais de Conway. On y verra plus clair à son retour. Il faut qu'il nous procure le bateau sans tarder, car la saison du thon commence dans quelques semaines. Pour l'heure, Maqroll, je te conseille d'oublier la dénommée

Cathy, qui a plus de tours dans son sac à malice qu'elle ne le laisse paraître à première vue.

Avant de poursuivre, je sens qu'il ne serait pas inutile de donner au lecteur certaines informations sur la personnalité de mon bon ami Sverre Jensen, vieux loup de mer familier des pêches dans le Pacifique Nord, un homme dont le courage n'avait d'égal que la pudeur grincheuse avec laquelle il savait le masquer. Nous nous étions connus à la prison de Kitimat, en Colombie britannique, où j'avais échoué sous l'accusation d'avoir commis le délit d'adultère avec une jeune rouquine qui vivait sous la coupe d'un énergumène polonais, lequel avait voulu me trucider. Quant à Jensen, il était là pour être intervenu dans une rixe de cabaret qui s'était terminée par la mort de deux Portugais dont personne n'a jamais su d'où ils sortaient. Le couteau qui avait ôté la vie aux Lusitaniens appartenait à Sverre, mais il jurait qu'on le lui avait subtilisé dans la gaine qu'il portait à sa ceinture, juste avant le début de la bagarre. Nous avons partagé la même cellule pendant deux mois, par un froid polaire qui, le matin, nous laissait au bord de la congélation. Cette longue incarcération nous a donné amplement l'occasion d'échanger nos expériences : beaucoup coïncidaient par les lieux et par les circonstances de façon si curieuse que nous nous sommes étonnés de ne pas nous être rencontrés plus tôt. L'innocence de Sverre a fini par triompher : un Noir de la Caroline du Sud n'a pu s'empêcher de se vanter, un soir de soûlerie dans un bistrot, d'avoir tué deux Portugais qui avaient fait un pacte avec le diable et se livraient au trafic d'esclaves avec des Angolais auxquels ils faisaient miroiter la promesse d'un travail en Amérique. On a découvert par la suite que l'homme n'avait pas toute sa tête et qu'il avait commis son crime dans un accès de démence. Je suis sorti presque en même temps, le cocu varsovien ayant retiré sa plainte. Dès lors, nous avons pris l'habitude de naviguer de conserve, Jensen et moi. Nous nous sommes d'abord engagés sur des bateaux de pêche comme simples matelots, puis nous sommes devenus nos propres patrons sur un deux-mâts que nous avons pu acquérir grâce à un modeste héritage échu à Sverre au décès de son frère, célibataire et juge de paix à Bergen. J'ai complété la somme avec l'argent mis de côté pendant le temps passé à tirer les filets, économies imposées par Jensen qui connaissait mon peu – pour ne pas dire mon absence complète – de goût pour les projets d'avenir. Ce n'est pas ici le lieu de faire le récit détaillé de ce que nous avons vécu au cours de ces années consacrées à l'entreprise hasardeuse de vivre de la pêche. J'aurai certainement l'occasion d'y revenir un jour.

Malgré le passage des ans, Sverre n'avait pas changé. Il appartenait à cette espèce de Scandinaves qui se fixent, à la moitié de leur vie, sur un type physique et n'en changent plus jusqu'à leur dernier soupir. Puissant et rude, on l'eût dit fait de l'assemblage de morceaux venant de plusieurs corps, tous de même race mais de différentes proportions. Cette absence d'harmonie n'épargnait pas le visage, long et osseux, que sauvaient cependant le sourire des yeux et un air de bonté qui émanait de tous ses traits. Peu loquace d'ordinaire, il était capable de redoutables sautes d'humeur qui pouvaient le transformer d'un instant à l'autre en avalanche dévastatrice et impitoyable. Ses colères n'étaient jamais dues à des causes matérielles, elles étaient toujours occasionnées par une certaine catégorie d'injustices gratuites produites par la stupidité de ses semblables. Une fois, je l'ai vu briser une table d'un coup de poing, comme si elle avait été en carton, parce qu'un tavernier d'Anvers avait frappé une serveuse coupable d'avoir laissé tomber un plateau de chopes de bière. Il a fallu cinq géants de la police du port pour le maîtriser, après une lutte qui en envoya trois à l'hôpital.

Donc Jensen ne fut guère convaincu par le récit que je lui fis de l'accueil de Cathy et me mit en garde contre la nièce du Gallois. Cependant les jours passaient, et l'armateur ne donnait toujours pas signe de vie ; nous décidâmes de cuisiner Cathy sur sa véritable résidence. La jeune fille nous fit des réponses d'une imprécision inquiétante, et Jensen résolut d'enquêter tout seul. Pour compliquer les choses, la jeune fille décida, une nuit, de se mettre dans le lit de Sverre, avec la même désinvolture que celle dont elle avait usé avec moi. Le Norvégien, qui avait déjà des soupçons sur ses intentions, l'expulsa manu militari. Nous attendions toujours et nous n'avions presque plus d'argent, quand un hasard tout à fait imprévu mit dans les mains de Sverre un bout de papier tombé des pages d'une bible que mon ami, en bon protestant, lisait de temps en temps : ce papier portait, écrite au crayon, une adresse à Portsmouth presque illisible, avec un numéro de cinq chiffres qui était de toute évidence celui d'un téléphone dans cette ville. Nous l'appelâmes d'un bar, et Glanmor Conway en personne nous répondit. Nous n'en fûmes pas autrement surpris, car nous avions depuis longtemps des doutes à propos de cette histoire de Bristol forgée par Cathy. Ce que nous apprîmes de la bouche de Conway acheva de nous édifier sur la mystification délirante dont nous avions été victimes, moi le premier et de façon tout à fait inexcusable. La maison de Brighton était en vente et Conway y avait laissé sa soi-disant parente pour qu'elle aide le personnel de l'agence à la faire visiter. Il avait compté sur Cathy pour nous mettre en contact avec lui : en fait, il avait décidé de liquider ses affaires et vendu les bateaux qui étaient encore enregistrés sous son nom. Il n'avait jamais donné d'instructions pour que nous logions dans la maison, dont l'usage et l'administration relevaient déjà de l'agence immobilière. Il était désolé de cette mauvaise plaisanterie et nous mettait sérieusement en garde contre les manigances de Cathy, passée au service de l'agence quand il avait quitté Brighton. Nous devions donc quitter immédiatement la maison si nous ne voulions pas avoir de problèmes avec les marchands de biens, qui auraient toutes les raisons de considérer notre présence dans les lieux comme une violation de domicile.

Avant de retourner à la maison de Conway, nous convînmes de décamper sans donner d'explications à Cathy. La jeune fille nous vit préparer nos bagages et n'ouvrit pas la bouche pour nous questionner. Ce fut seulement quand nous descendîmes l'escalier, qu'elle nous cria du grenier :

— Quelle paire d'imbéciles ! Vous pouviez vivre ici tout le temps que vous vouliez sans payer un sou ! Vous n'avez rien compris.

Ses paroles étaient entrecoupées de rires hystériques.

Nous retournâmes à la pension de l'Italienne qui accepta, pour quelques shillings de plus, que Sverre dorme sur un canapé dans un coin de la chambre que j'avais déjà occupée. Son seul commentaire fut :

— Ça m'étonnerait que vous teniez là-dessus. Je n'ai jamais vu un homme aussi grand.

Jensen me regarda comme pour me demander si toutes les femmes que nous rencontrions sur notre chemin étaient soudain devenues piquées. Je haussai les épaules et lui proposai de faire le compte de nos ressources. Le bilan était maigre. En mangeant une fois par jour et en nous privant du sinistre scotch des bars de Brighton, nous possédions à peine de quoi subsister deux semaines.

Aussi loin que portent mes souvenirs, cette situation a toujours été la mienne : elle ne me préoccupait donc pas outre mesure. Mais Jensen, en bon Nordique mesuré et austère, fut pris de panique.

— Et maintenant qu'allons-nous faire, Maqroll ? Le vieux Conway nous aurait loué un bateau et avancé un peu d'argent. Je comptais là-dessus. Je t'avoue que je n'ai pas la moindre idée.

Sa voix sortait difficilement de sa gorge, et elle était empreinte d'un découragement et d'une mélancolie qui, dans les circonstances présentes, ne pouvaient être plus mal venus.

— Pour commencer, lui dis-je en affectant un optimisme que je ne ressentais guère, il faut quitter cette horrible ville : c'est elle la responsable de tous nos malheurs. Ses maisons victoriennes et celles, non moins ignominieuses, de l'illustre héritier ne peuvent qu'attirer le mauvais sort. Sais-tu pourquoi ? Parce qu'elles ont été construites face à la mer et que c'est là un affront que les dieux ne pardonnent pas. Les visages hagards et avides de tous ces gens qui errent comme des zombies dans les rues de Brighton en ne pensant qu'à oublier les fatigues de Londres nous disent que nous sommes sur une terre de trépassés. Tu ne vois pas qu'ici tout est mensonge et que, du coup, apparaît la seule vérité ? A savoir que c'est la mort, et la mort seule, qui veille derrière ces grandes verrières de couleur, ces fers forgés tarabiscotés qui s'efforcent en vain de répéter des époques abolies, et ce troupeau de moutons qui ne savent pas ce qu'ils sont venus faire ici. Avec l'argent qui nous reste, partons n'importe où, mais partons.

Sverre était habitué depuis longtemps à mes phobies et à mes imprécations ; il accepta de prendre la fuite sans retard. Dès le lendemain, nous embarquions sur un cargo qui allait à Saint-Malo : on nous permit de suspendre nos hamacs dans une cabine contiguë à la chambre des machines, où régnaient un vacarme infernal et une odeur de diesel qui soulevait le cœur. Pourtant, la seule pensée de quitter ce sinistre cauchemar, ce refuge d'une *middle class* qui, en réalité, tire le diable par la queue en conservant une dignité factice, me donnait l'impression d'arriver au paradis. La traversée dura deux jours et deux nuits, car nous dûmes faire escale à Cherbourg pour décharger je ne sais quoi. J'ai navigué sur les bateaux les plus invraisemblables, mais jamais encore je n'avais fendu les flots sur un engin semblable au *Pamela Lansing*, dont le nom ne servait qu'à rendre l'aspect lamentable plus grotesque encore. Le capitaine, un Irlandais qui semblait avoir été sauvé de la potence à la dernière seconde, nous avoua que son navire avait transporté des troupes à Gallipoli pendant la Première Guerre mondiale. Cela disait tout.

Quand nous débarquâmes à Saint-Malo, nous avions toujours dans les oreilles la vibration infernale des machines et des tôles de la coque du *Pamela Lansing*. Mais ce fut au cours de cette traversée que j'eus comme un noir pressentiment du destin qui attendait mon brave Sverre. Je vais m'efforcer de raconter comment me vint cette funeste certitude, sans en avoir reçu de mon ami la moindre indication explicite. La chose avait commencé dès nos retrouvailles à Brighton : j'avais perçu chez lui, sous son apparence cordiale, une lassitude, une sorte de détachement à l'égard des affaires et des travaux qui, jusque-là, absorbaient la totalité de son enthousiasme – si tant est que l'on puisse jamais parler d'enthousiasme dans son cas. Il était évident que la cause de cet état n'était pas physique ; sa force et sa santé étaient toujours aussi éclatantes. Cela venait d'un recoin de l'âme dont émanait une substance toxique qui l'éloignait lentement du monde. Sachant que ses convictions religieuses se bornaient à l'observation routinière de quelques préceptes de sa foi protestante, je n'attribuais pas non plus l'état de Sverre à des problèmes nés de ses relations avec sa conscience. J'avais essayé en plusieurs occasions d'aborder avec discrétion le sujet qui me préoccupait, mais Jensen fuyait toute confidence. Sa femme était morte des années plus tôt d'un cancer prolongé qui l'avait fait cruellement souffrir sans qu'elle se plaignît jamais. Sverre était resté à ses côtés avec un amour et un dévouement émouvants. Ils n'avaient pas d'enfants, et le Norvégien était retourné à ses longues expéditions de pêche sans jamais penser à se remarier. Je lui connaissais dans divers ports des amies avec lesquelles il entretenait des liens, sinon amoureux, du moins empreints d'une cordialité bon enfant, autant que le lui permettait, bien sûr, sa placidité scandinave. Il avait un sens de l'humour assez particulier qui lui faisait donner à toutes un autre nom que le leur. Je me souviens par exemple d'une Florence qu'il insistait pour appeler Rosalie et dont il voulait absolument qu'elle fût née à Grenoble alors qu'elle était de Seattle et ne parlait pas un mot de français. Les choses se compliquaient quand se présentait une différence plus radicale : c'est ainsi qu'il s'acharnait à appeler une Noire de la Martinique, qui l'adorait et fêtait son arrivée par mille cajoleries, Yuko San : ce qui était doublement absurde, l'emploi du *San* étant, en l'occurrence, tout à fait inapproprié pour cette femme qui n'avait rien d'une sainte.

Une autre constante du caractère de mon ami était ce que je pourrais appeler sa convention avec Dieu. Il n'était pas homme à observer une pratique religieuse régulière et bien enracinée, mais chaque fois qu'on évoquait devant lui l'Etre suprême, que ce soit au cours d'une manœuvre marine risquée ou d'une transaction commerciale qui, pour un motif quelconque, devenait compliquée, Sverre avait un geste large de la main, comme pour écarter quelque chose de très délicat qui passait devant ses yeux, et répétait toujours la même phrase : « Celui-là, nous le laisserons de côté pour l'instant. Nous avons déjà suffisamment de problèmes comme ça. » J'étais frappé par le sérieux avec lequel il prononçait cette phrase, car on voyait bien qu'il ne plaisantait pas et qu'il n'y mettait pas non plus d'intention moralisatrice. Il disait cela exactement comme il eût dit : « Réduisez la vitesse de la machine gauche », ou : « Ne serrez pas le cabestan si fort. Vous ne voyez pas qu'il chauffe ? » Quand Sverre mettait ainsi Dieu en marge des tâches quotidiennes, personne ne se risquait à lui répliquer, ni à lui opposer quelque argument théorique élémentaire, ce qui eût été chose facile pour les nombreux fils de pasteurs qui se consacrent aux travaux de la mer et que l'on trouve en abondance sur les lieux de nos campagnes de pêche.

Je pourrais relater ici bien d'autres aspects curieux de la personnalité de mon compagnon de tant d'années : j'aurai l'occasion, je l'espère, d'en mentionner quelques-uns au cours de cette histoire. Pour l'instant, il me suffira de dire qu'il était un des hommes les plus soigneux de sa personne que j'aie eu l'occasion de rencontrer, et qu'au milieu des corvées de son métier de marin il savait garder une mise impeccable : d'une simplicité exempte de toute affectation, avec cependant une pointe d'élégance très particulière. Il fallait le voir, quand nous arrivions dans un port et que nous avions besoin de renouveler certaines pièces de notre garde-robe, choisir méticuleusement, dans les magasins spécialisés en habillements marins, une chemise ou un pantalon. Le résultat de cette longue sélection était toujours un vêtement d'une couleur et d'une coupe parfaites mais jamais trop voyant. A son arrivée à Brighton, j'avais justement été frappé par le fait que son vêtement, sans paraître négligé, laissait deviner une certaine absence de cette remarquable vigilance chez celui que j'appelais affectueusement, dans nos moments d'effusions, le *Beau de la Régence** [1].

Au début je n'y avais pas attaché trop d'importance, mais au cours de notre voyage vers les côtes de Bretagne j'avais pu constater que cette indifférence allait de pair avec certaines réflexions qu'il laissait échapper au moment où l'on s'y attendait le moins, chargées d'un vague éloignement, d'une sorte de marginalisation par rapport aux choses de ce monde. Je me souviens très bien d'une de ces conversations, la première peut-être, qui fut pour moi comme un signal d'alarme. Nous parlions de nos campagnes de pêche dans l'archipel Alexander et du peu que nous en avions tiré après d'innombrables privations et la panne d'un diesel qui avait grillé en luttant contre les glaces. Je crus pouvoir dire, en manière de consolation :

— Nous y retournerons dans une saison plus propice. Cette zone est poissonneuse, nous avons eu l'occasion d'en faire l'expérience.

— Je ne pense pas que nous retournions jamais aux Alexander, ni nulle part où il faudrait repasser par de telles épreuves, répondit Sverre sur un ton ferme qui éveilla ma curiosité.

---

1. En français dans le texte, de même que les autres mots et expressions en italique suivis d'un astérisque.

— Eh bien, dis-je, si ce n'est pas aux Alexander, ce sera dans une autre région moins pénible. Pas question de nous tuer au travail pour payer tout juste les frais.

— Il n'est pas nécessaire de prendre cette voie-là, pour se tuer. Ce n'est pas de ça que je parle. Mourir est un pacte que nous faisons avec nous-même. L'important est de savoir quand et comment on le réalise, et d'être sûr qu'il s'agit bien d'un voyage sans retour.

Sverre parlait avec sérénité, je dirais presque avec indifférence. Mais il était évident que nous avions quitté le champ de nos entreprises de pêche et que la conversation avait pris un autre cap.

— Ce que tu dis est étrange, observai-je. Parce que ce pacte, je l'ai fait depuis longtemps, mais je ne crois pas que cela vaille la peine d'en parler. Exprimées à haute voix, ces choses-là prennent une allure trop mélodramatique.

— Tu as raison. Mais je crois aussi qu'il vient un moment où une honnêteté élémentaire nous commande d'aviser ceux auxquels nous sommes attachés que le temps est venu de quitter le jeu.

— Sur ce point, Sverre, je suis d'accord avec toi. Il ne s'agit pas tant de dire adieu que d'avertir loyalement qu'on ne devra plus compter sur nous. Mais je ne sais pas pourquoi nous parlons de ça, soulignai-je, dans l'intention de découvrir jusqu'où se proposait d'aller mon ami.

Sverre demeura un moment pensif, puis il me regarda de nouveau de ses yeux d'un bleu plombé qui avaient, en cet instant, perdu toute transparence. C'était un de ces regards qui veulent en dire beaucoup plus que tous les mots. Il se borna à ajouter :

— S'il y a quelqu'un, dans ma vie, à qui je me dois de parler de ça, c'est toi. Pour le moment, oublions cette histoire ; mais il est clair que tu es le seul qui saura quand et comment je déciderai de me séparer de ce monde de merde et de ses non moins répugnants habitants.

Là-dessus, il se consacra à la tâche ardue de bourrer sa pipe et de contempler la côte bretonne qui produisait toujours chez lui une sorte d'enchantement singulier.

Ce n'était pas la première fois que j'entendais Sverre juger aussi sévèrement ses congénères. Il n'était pas porté à la méfiance, mais il n'était pas non plus enclin aux amitiés improvisées et aux enthousiasmes soudains. « Les hommes ne sont pas ce qu'il y a de mieux sur cette terre », m'avait-il dit, un jour que nous avions dû tuer un magnifique labrador qui était tombé malade à bord. La phrase était restée gravée en moi comme un avertissement et un symptôme. Mais de là à conclure que le Norvégien était une âme amère et aigrie, c'était se tromper du tout au tout. Il était indulgent, et les limites de sa patience étaient larges. Simplement, notre espèce en tant que telle ne l'intéressait pas, et sa sympathie pour elle, si elle existait, était un pur produit de la raison et jamais d'un sens spontané de l'humanité. Il n'est pas facile d'aller au fond d'un être qui a de telles convictions, et seuls des liens étroits et continus m'avaient permis de m'accommoder de telles contradictions.

En débarquant à Saint-Malo, nous constatâmes qu'il nous restait à peine de quoi y vivre. Nous passâmes plusieurs jours à chercher du travail, chose extrêmement difficile en France, en l'absence du fameux *permis de séjour* * sans lequel il est impensable d'avoir un salaire. Ce fut Sverre qui, le premier, trouva le moyen de tromper les autorités et d'obtenir les quelques francs qui nous permettraient d'attendre une solution providentielle. Il déchargea d'abord, sur les quais, un bateau norvégien comme s'il faisait partie de l'équipage, puis travailla de nuit comme remplaçant de dockers absents pour maladie ou pour d'autres raisons. Une partie du salaire allait, bien entendu, dans la poche d'un contremaître qui acceptait de fermer les yeux. Nous avions trouvé une chambre d'hôtel rue de la Soif, dans le vacarme des bars et des tavernes, au milieu des rixes qui se succédaient toute la nuit, avec leurs cris et leurs insultes dans toutes les langues de la terre. Jensen dormait pendant la journée, tandis que je parcourais les cafés et les restaurants, à la recherche d'un visage de connaissance. Je ne pouvais imaginer que la solution, même provisoire, fût à deux pas de chez nous. Au rez-de-chaussée se trouvait un bar qui annonçait, pour la nuit, les inévitables numéros de strip-tease et, pour les *happy hours*, c'est-à-dire de quatre à huit heures du soir, des boissons alcoolisées. Je ne sais ce qui me poussa, un après-midi, à entrer dans ce lieu sordide qui portait le nom prometteur de Floating Paradise. Je commandai une bière au comptoir et me trouvai nez à nez avec Leb Mason. Cela faisait longtemps que nous nous étions perdus de vue. Notre dernière rencontre datait de Tanger, une nuit mémorable durant laquelle nous avions projeté, aidés par un féroce cognac falsifié, une opération de traite des Blanches des côtes des Caraïbes pour approvisionner les bordels du Maroc et de la Tunisie. Le lendemain, les autorités d'immigration avaient invité Leb à quitter le port séance tenante et il n'avait pas eu le temps de me prévenir. Je devais apprendre par la suite qu'il était recherché dans trois pays au moins pour des délits allant de la contrebande d'armes à la falsification de documents commerciaux. Leb était de nationalité belge, ses parents étaient des juifs fixés à Anvers depuis le début du siècle. Parmi les nombreuses péripéties de sa vie agitée, la seule qu'il refusait de narrer en détail était sa participation à la lutte des néosionistes de Jabotinski en Palestine. Je connais cette histoire à fond et vous garantis qu'elle dépasse la fiction la plus échevelée. Mason parlait de Jabotinski comme d'un ami personnel. Il le connaissait sans doute, mais certainement pas de façon aussi intime qu'il s'en vantait dans les rares occasions où je l'ai entendu raconter ses expériences de terroriste à Haïfa et dans d'autres ports de la Méditerranée orientale. Suivre ensuite les traces de Leb Mason donnerait un volume épais qui serait le catalogue des manœuvres les plus aventureuses pour tourner la loi et se jouer des naïfs des cinq continents et des mers qui les baignent.

Avant cela, nous nous étions rencontrés plusieurs fois mais n'avions jamais rien entrepris ensemble. Leb avait la particularité de régler ses affaires délirantes à coups de dynamite et d'armes lourdes, et cette voie n'a jamais été la mienne. Il y a chez ce genre d'individus une sorte de désir de mort, de défi insensé et sans issue qui relève de l'autodestruction. Bien sûr, dans mes errances, j'ai souvent été en danger mortel, mais je n'ai jamais été pressé d'affronter le néant qui, de toute manière, m'attend quelque part au coin d'une rue. Je préfère de beaucoup le laisser là où il est, à ce coin de rue-là, que de le provoquer à chaque instant pour hâter son apparition. On trouve aussi fréquemment, chez des êtres comme Leb, une disposition généreuse, une sorte de bonté animale et démesurée. Leb avait donc fini par chercher un lieu retiré, paisible et médiocre, où terminer ses jours. Les véritables héros du désespoir et de la fureur se présentent une fois par siècle. Ceux-là réussissent à gagner une sorte de grandeur mythique et occupent dans l'histoire une place exceptionnelle et tragique qui leur confère le caractère définitif d'archétypes de l'héroïsme exacerbé et sans issue.

A la Martinique, j'avais croisé Leb vendeur d'appareils électriques dans la boutique d'un Indien paralytique qui se déplaçait à travers tout son magasin sur un fauteuil roulant, en grognant en parsi des instructions et des reproches qui tombaient sur les épaules herculéennes de l'ex-militant néosioniste sans jamais parvenir à l'émouvoir. Plus tard, je l'avais retrouvé dans un endroit calamiteux qui, sous le nom pompeux de La Plata, agonise au bord d'un grand fleuve se jetant dans la mer des Antilles : une poignée de masures infectes et une caserne sinistre où j'avais bien failli, cette fois, laisser ma peau pour de bon. Leb était à bord d'un bateau à roues reliant l'intérieur du pays au port florissant qui drainait toute la richesse du massif andin. De son allure martiale et de son pas ferme, de ses grandes enjambées de mercenaire, ne survivait plus qu'un sac d'os rongé par la fièvre et la faim. Au fond de ses yeux d'un vert presque phosphorescent brillait encore, pourtant, cet éclat mortel, cette incandescence de ceux qui reviennent d'avoir semé la mort autour d'eux et d'avoir eu avec elle un commerce dont ils sortent marqués pour toujours. Sur ce bateau, il faisait la plonge à la cuisine et, le soir, tenait sur le pont un bar de fortune où il servait un rhum innommable et une absinthe capable de dissoudre les cerveaux. Je lui avais expliqué que je me rendais là-bas pour transporter à dos de mule vers la cordillère des Andes une marchandise plus que douteuse, et il s'était borné à me prévenir :

— Ne faites pas ça. Je crois savoir de quoi il s'agit, et ce n'est pas votre terrain. Je sais ce que je dis.

Si je l'avais écouté, je ne serais pas passé par les épreuves qui m'attendaient et qui m'ont laissé à jamais la peur au ventre.

Et maintenant, ici, à Saint-Malo, à quelques mètres du réduit que je partageais avec le brave Sverre, voilà que je tombais sur Leb Mason, derrière le comptoir d'un bar éclairé par un néon criard, au milieu d'une invraisemblable théorie de bouteilles, de verres et de ces photos en couleurs de femmes nues dans des poses lascives d'une stupidité désarmante.

— Mais Maqroll, que diable faites-vous ici? Vous venez sûrement de débarquer. J'ai un bon scotch en réserve pour clients dans votre genre. Pur malt. On va fêter ça.

A ma grande surprise, le whisky était de première qualité et valait la peine d'être savouré, le temps de nous raconter dans le désordre nos aventures réciproques. Quand il sut que je vivais tout près de chez lui avec un ami norvégien, et cela depuis plusieurs semaines, il ne put le croire. Je lui narrai notre tentative avortée de Brighton.

— A Brighton? s'étonna-t-il. Diantre! C'est bien le dernier endroit où je vous voyais fouler le plancher des vaches.

De son enfance à la synagogue il avait gardé un langage fleuri et recherché que son peuple cultive comme une nostalgie de la terre où l'avait installé Jéhovah. Au deuxième whisky, je lui expliquai que j'étais à bout de ressources et que je n'avais aucune perspective de travail. Il me proposa tout de suite de l'argent pour me dépanner. Je ne voulus pas accepter. J'essayai de connaître sa situation présente. Il me l'expliqua en quelques phrases. Il vivait avec la patronne du lieu, une juive native de Nice dont l'époux était mort sur le front d'Aragon dans les Brigades internationales. Leb, dans sa jeunesse, avait été un ami du mari, puis leurs convictions politiques les avaient séparés mais il lui gardait une chaude sympathie. La veuve avait su faire face aux difficultés de l'existence et réunir l'argent nécessaire à l'achat du Floating Paradise avec armes et bagages, raison sociale comprise. Leb avait échoué là par un de ces hasards qui n'en sont pas mais qui font partie du grand réseau de chemins embrouillés qui nous est assigné de toute éternité. Après quoi il m'expliqua le fonctionnement de l'endroit où le strip-tease – naturellement des plus rudimentaires et improvisés – était un prétexte pour attirer les marins en escale dans le vénérable port breton, berceau des redoutables flibustiers tantôt au service de Sa Majesté Très Chrétienne, tantôt au service de leur propre bourse, et toujours sans scrupules. Au Floating Paradise, les équipages des cargos qui venaient pour la plupart d'Angleterre et de Hollande pouvaient passer un bon moment, boire quelques verres et conquérir sans peine une femme de petite vertu. Laquelle devait bien entendu laisser une partie de son argent dans la caisse du bar.

Sur ces entrefaites, une femme opulente et souriante entra dans la salle : elle portait ses soixante ans bien sonnés avec une prestance et une autorité impressionnantes. Les lourdes paupières et le menton généreux ne parvenaient pas à dissimuler son instinct infaillible, hérité de trois mille ans de diaspora, pour juger les situations et les personnes. Leb nous présenta et, tout de suite, un indiscutable courant de sympathie s'établit. Elle se prénommait Denise, mais quelque chose me fit penser que ce n'était pas son vrai nom. Elle s'assit sur une banquette à côté de moi et demanda à Leb de lui servir le même liquide que celui que nous étions en train de boire.

— Eh bien, dit-elle, en ne me quittant pas des yeux où se lisait une curiosité qui eût paru enfantine s'il ne s'était pas agi d'une matrone aussi imposante, j'ai enfin la chance de faire la connaissance du légendaire Gabier, sur qui j'ai entendu raconter tant d'histoires.

— Leb exagère, rectifiai-je prudemment. Comparée à la sienne, ma vie a été bien paisible et plus que banale.

— Si je m'en tenais à ce que je sais de vous par Leb, je vous donnerais peut-être raison. Mais j'ai appris des choses sur votre compte par d'autres canaux, et je crois que, mis à part la dynamite et les Uzis qui ont rendu celui-là fou pendant tant d'années, vos deux vies sont comparables.

Il était évident que la femme était bien renseignée sur moi mais, pour l'heure, je n'étais pas d'humeur à poursuivre mes investigations sur ses sources d'information. Je préférai m'en tenir au présent, déjà assez incertain, du moins en ce qui me concernait. Je mentionnai de nouveau Sverre Jensen et parlai de son travail sur les quais.

— Il faut qu'il laisse tomber ça tout de suite. C'est très dangereux, dit Denise d'un ton sans réplique. On verra ce qu'on peut faire de lui. Pour l'instant, vous allez, dès ce soir, aider Leb au comptoir. Ce travail est un peu dur pour un seul homme. Nous nous occuperons de votre ami norvégien plus tard. Ne vous faites pas de souci pour le loyer. La maison m'appartient et vous avez certainement pu voir à quoi servent les chambres.

En effet, le va-et-vient nocturne des couples n'avait pu nous échapper, mais je n'avais pas fait le lien avec l'existence du bar d'en bas. Je me souvins aussi que le gardien, un nonagénaire à moustaches blanches de phoque, toujours appuyé sur un bâton de berger alpin qui tremblait sans cesse en donnant l'impression que l'homme allait s'effondrer, avait fait allusion à la propriétaire de la maison. Il en parlait comme d'une personne qui ne tolérait sous aucun prétexte un retard dans le paiement du loyer hebdomadaire. Quand je le mentionnai à Denise, elle me répondit le plus naturellement du monde :

— Oui, c'est mon père. Il aura bientôt cent ans. Mais il refuse de rester tranquillement chez lui et, pour se distraire, s'occupe de la clientèle en discutant tout le temps avec elle de n'importe quoi. Ça le maintient en forme.

Je pensai à la surprise de Sverre à son réveil. Denise alla dire à son père d'informer le client de la chambre numéro trois qu'il était attendu au bar voisin, et qu'il ne parte surtout pas sans passer nous voir. Une deuxième bouteille de whisky succéda à celle que nous avions vidée et nous continuâmes tous trois à essayer d'apporter de nouvelles pièces au puzzle compliqué d'un passé irrémédiable.

Jensen fit son apparition vers huit heures du soir, toujours aussi corpulent et des vestiges de sommeil flottant sur sa face osseuse de Viking fatigué. J'étais passé de l'autre côté du comptoir et servais les premiers clients. Leb me glissait à l'oreille l'emplacement des verres adéquats et des bouteilles correspondant aux commandes. Je compris tout de suite que certaines étaient réservées à des clients bien précis. Devant le comptoir, Denise nous tournait le dos et contrôlait l'arrivée des premières femmes qui la saluaient d'une légère inclination de la tête avant d'aller s'asseoir à leurs tables habituelles. Sverre me regardait sans manifester la moindre surprise, de l'air, au contraire, d'assister à quelque chose qu'il avait toujours prévu et qu'il voyait se réaliser le plus naturellement du monde. Je lui présentai les maîtres du lieu et, en quelques mots, le mis au courant de mes relations passées avec Leb. Il huma mon verre en donnant des signes d'une approbation sans réserve.

— Avant de partir pour le quai, j'aimerais bien prendre en votre compagnie un verre de ce que vous buvez là.

— Plus question des quais, mon ami, intervint la patronne. Je vous invite à rester pour vider de conserve cette bouteille de malt qui vous attendait tous les deux depuis des mois.

Ces fortes paroles laissèrent Sverre sans voix, et il la dévisagea, étonné d'une telle autorité de la part d'une relation si récente.

— Et qui paiera le loyer, si je ne travaille pas ? A moins que Maqroll, derrière ce comptoir, ne gagne autant qu'on me donne sur les quais. Mais je ne crois pas aux miracles.

Sverre n'y comprenait rien, et son flegme était soumis à rude épreuve. Je lui adressai des signaux destinés à lui faire entendre que nous en parlerions plus tard et qu'il obéisse à notre amie. Celle-ci vint à mon secours, pour régler la question :

— Écoutez, Jensen. Vous ne savez pas ce que vous risquez en travaillant sur les quais dans ces conditions. Ici le syndicat ne prend pas de gants et, un de ces matins, on va vous retrouver flottant dans la baie, un crochet planté dans la poitrine.

Sverre accepta les paroles de la patronne avec une résignation qui ne laissa pas de m'intriguer. Il but son scotch en le savourant lentement et s'en versa un autre sans même nous regarder. Nous observâmes un long silence, tandis que Denise allait demander je ne sais quoi à deux filles qui venaient de s'installer à une table près de l'entrée. Leb lançait des regards furtifs à Sverre, puis reportait les yeux sur moi avec une mimique destinée à exprimer sa compréhension face à l'attitude fermée de mon ami. Enfin celui-ci nous regarda de nouveau comme s'il sortait d'un rêve profond et parla d'une voix étouffée mais ferme :

— Tout cela, je l'ai vu venir. Maintenant c'est une certitude : finies nos campagnes de pêche dans le Pacifique Nord, finie la mer, et finie aussi la lutte perpétuelle contre les éléments toujours victorieux. Et je vais vous dire quelque chose : j'ai eu largement le temps de me rendre compte que ce métier ne m'a jamais plu et que la mer est un ennemi monotone, tenace et cruel avec qui nous n'aurions jamais dû avoir aucune relation. Maqroll l'a très bien compris, lui qui s'enfonce régulièrement dans l'intérieur des terres, même s'il ne fait ainsi que changer de servitude et affronter d'autres démons. Je sais bien qu'au fond c'est la même chose, mais au moins il a la possibilité de ne pas se laisser broyer par une routine infâme qui frappe toujours dans le dos et pour laquelle nous ne sommes qu'un grain de poussière, un intrus méprisable. Pour l'heure, je vais rester ici. On verra plus tard. Mais la mer, non, plus jamais, vous m'entendez Maqroll, plus jamais. Merci Leb, merci Denise. Vous ne m'avez pas ouvert les yeux : ils l'étaient déjà. Mais vous avez éclairé la scène. Grâce à vous, je vois clair. A votre santé.

Il vida d'un trait le verre qu'il venait de se servir. Son visage ne trahissait pas la moindre tension, la moindre inquiétude. Il était installé dans cette même sérénité que devaient connaître ses aïeux au retour de leurs féroces incursions sur le continent. Il donnait l'impression d'avoir conquis un équilibre dont il ne se départirait plus. Dans ses yeux clignotait une lueur qui indiquait le terrible pouvoir des forces qui avaient pris possession de son âme après des années de rébellion exaspérée et toujours vaincue.

Sverre ne retourna donc pas sur les quais. Il passait une bonne partie de la journée assis sur les remparts de la vieille ville à contempler la mer et à surveiller la montée de la marée du soir, comme s'il s'agissait d'une opération délicate dont son destin dépendait. Je ne me risquai pas à lui expliquer qu'à l'extrémité d'une petite péninsule, sur un promontoire qui, à la tombée du jour, se trouve séparé de la terre comme une île, est enterré un écrivain qui a été l'un de mes plus fidèles compagnons : Chateaubriand. Cela ne lui eût rien dit et tous les doutes, les interrogations, les convictions orageuses et les passions du vicomte l'eussent laissé indifférent.

Le soir, il nous rejoignait au Floating Paradise et buvait

lentement plusieurs verres de rhum à la file. Le whisky de malt s'était vite épuisé et nous étions passés au rhum pour ne pas écorner les maigres bénéfices de Leb et de Denise. Leb s'intéressait beaucoup à Sverre et surveillait ses réactions avec un mélange d'affection et d'inquiétude. Ils étaient devenus de bons amis mais ne communiquaient presque pas. Je continuais à aider au comptoir, je lavais les verres, je m'occupais de la glace et des ingrédients indispensables à la préparation des cocktails que commandaient quelques rares clients. Chaque fois que je disais au couple que nous devions prendre une décision concernant notre avenir immédiat, il me répondait d'une seule voix d'oublier ça et de laisser couler les jours sans faire pression sur le destin.

— Surtout ne vous inquiétez pas pour la chambre, ajoutait Denise. Je vous demanderai la clef si j'en ai besoin, et vous n'aurez qu'à attendre ici que ça soit fini. Tout viendra à son heure, ne soyez pas pressés.

Je ne sais si elle était consciente de la profonde raison de ses paroles. Une nuit, quelques semaines après avoir abandonné les quais, Jensen nous déclara, impassible :

— Avec l'argent qui me reste, je peux me payer un passage pour Bergen. Je vais prendre le premier cargo qui passera pour cette destination. A Bergen, j'irai au Refuge du marin, et je vous enverrai de mes nouvelles.

Il continua de boire son rhum avec une lenteur appliquée, le regard perdu dans les miroirs qui répétaient à l'infini la collection de bouteilles de toutes les couleurs.

Il avait annoncé sa décision avec une telle conviction qu'aucun d'entre nous ne risqua un commentaire. Denise eut un hochement de tête qui signifiait qu'il n'y avait rien à faire et alla s'asseoir à une table où l'attendaient deux minces filles brunes récemment arrivées d'Afrique équatoriale. Leb et moi lavions les verres avec des gestes automatiques. Puis Sverre nous dit bonsoir et partit se coucher. Alors Leb me glissa à l'oreille :

— Notre ami est à bout de carburant. Je veux dire qu'il n'a plus de raisons de continuer à nager contre le courant, comme nous le faisons, je ne sais d'ailleurs pas pourquoi. J'ai posé de la dynamite sous toutes les latitudes du globe et semé beaucoup de balles dans des corps anonymes qui, au fond, m'étaient indifférents. Je sais reconnaître quand le carburant fait défaut et que l'on commence à vivre comme si on flottait au-dessus du gouffre. Vous et moi, nous continuons à trimer comme si de rien n'était. Pour d'autres, c'est tout simplement la fin du voyage.

Ces paroles résumaient parfaitement la situation, et toute réponse était inutile.

Quelques jours plus tard, un cargo qui venait de la côte cantabrique et se rendait à Bergen avant de traverser l'Atlantique pour gagner Montréal fit escale à Saint-Malo. Sverre serra les mains de Leb et de Denise sans prononcer un mot. Sur le seuil de l'établissement, il se retourna pour les regarder et leur dit avec un grand sourire et un large geste d'adieu :

— Merci pour tout. Je ne vous oublierai pas.

Je l'accompagnai au bateau. Devant la passerelle, il me dévisagea comme s'il me voyait pour la première fois, puis me prit chaleureusement dans ses bras. Il bafouilla quelques mots incompréhensibles et monta à pas lents, presque majestueux, sans plus se retourner. Je le vis disparaître dans une coursive, son sac de marin sur l'épaule.

Je passai encore deux mois à Saint-Malo, aidant toujours Leb et conversant avec Denise dont la sagesse et l'expérience me laissaient souvent perplexe. Un soir que j'étais sorti acheter quelques bouteilles de gin dans un petit magasin ouvert toute la nuit, une rixe entre marins éclata dans le bar. Quand je revins, la police avait déjà embarqué les plus excités. Appuyé au comptoir, Vincas Blekaitis comprimait avec un mouchoir le sang qui jaillissait d'une entaille à sa joue gauche. Je m'approchai pour essayer de l'aider et n'eus droit qu'à ce commentaire :

— Cette fois, Gabier, tu arrives vraiment trop tard. Je n'ai pas réussi à retenir mes matelots, et j'en ai trois qui vont sûrement passer un bout de temps en prison. Il y a eu deux blessés graves. Et toi, qu'est-ce que tu fous ici ?

Vous n'ignorez pas que Vincas avait été capitaine sur divers cargos du temps où Abdul Bashur et moi en étions les propriétaires. Le Lituanien possédait une expérience de la mer comme j'en ai rarement rencontré. Je lui expliquai ma situation présente et le présentai à Denise et à Leb qui regardaient la scène d'un air interrogateur. Denise emmena Vincas dans une petite pièce derrière le comptoir, nettoya la plaie et y mit un pansement. Le Lituanien revint pour vider sans sourciller plusieurs verres de vodka. Il commandait un cargo qui faisait du cabotage entre Lisbonne et Hambourg. Les propriétaires, des armateurs portugais, l'avaient engagé deux ans plus tôt et se montraient très satisfaits de ses services.

Blekaitis m'invita à venir sur son bateau et là, me proposa de travailler avec lui sans fonctions bien définies. J'acceptai avec joie et retournai faire mes adieux à mes amis.

— Comme vous passerez par ici chaque fois que vous remonterez sur Hambourg, dit Denise, nous aurons l'occasion de nous revoir. Je n'insiste pas pour que vous restiez : je sais que je n'arriverais pas à vous convaincre. Partez, et revenez vite.

Elle accompagna ces paroles de baisers sonores sur mes joues, tandis que des larmes mouillaient ses yeux. Leb posa sa main sur mon épaule et m'accompagna à la porte du bar. Puis il me lança un sourd *shalom ve lehitraot* et tourna les talons sans rien ajouter.

Les années qu'a duré mon travail avec Blekaitis précè-
dent immédiatement mon installation à Pollensa comme
gardien des chantiers abandonnés près du port. Au cours
de ces premières semaines avec Vincas, je ne pus chasser
de mon esprit le souvenir de Sverre Jensen. Notre amitié
avait ceci de particulier qu'elle était directement et exclu-
sivement liée à notre vie en mer. Cette relation très étroite,
toujours cordiale, était fondée sur une acceptation
mutuelle de nos façons souvent opposées de comprendre
la vie et les rapports avec nos semblables. A terre, notre
dialogue se défaisait peu à peu, sans que notre amitié en
fût pour autant affectée. C'était comme si, loin de la mer,
chacun reprenait son chemin personnel, tout en laissant
intacte l'affection qui ne manquerait pas de ressurgir dès
que nous naviguerions de nouveau ensemble. Durant les
longues périodes où nous restions à terre, Jensen se réfu-
giait dans un port de sa patrie tandis que, de mon côté, je
me lançais dans mes errances habituelles, cherchant un
prétexte pour occuper cette inquiétude vagabonde qui n'a
cessé de marquer ma vie aussi loin que je remonte dans
ma mémoire.

Les mots par lesquels Jensen nous avait dit adieu à
Saint-Malo me laissaient un goût d'amertume et de désolation, une funeste prémonition. Je ne tardai pas à voir
mes craintes confirmées. Six mois ne s'étaient pas écoulés depuis notre séparation, que nous dûmes faire escale à
Saint-Malo pour nous livrer à quelques réparations destinées à prolonger un peu le temps de bons et loyaux services des machines. Naturellement, je me précipitai chez
les propriétaires du Floating Paradise. Après les embras-
sades maternelles de Denise, Leb me remit une enveloppe
libellée à mon nom et portant des timbres de Norvège

avec le tampon de Bergen. Son visage inexpressif et gris n'annonçait rien de bon. Je mis la lettre dans ma poche, et Leb me dit d'une voix étouffée :

— Il vaudrait mieux que vous la lisiez tout de suite. Entrez dans le bureau, vous y serez seul et au calme.

J'allai m'enfermer dans le réduit minuscule qu'ils appelaient le bureau. La lettre de Sverre était rédigée en anglais. C'était la langue dont nous nous servions entre nous. Je reconnus son écriture nette et sévère, qu'il avait dû apprendre à l'école et qu'il n'avait jamais oubliée. Je transcris le texte en essayant de lui conserver le style direct derrière lequel se cachait un adieu sans retour et une angoisse lancinante.

Mon cher Gabier,

J'ai décidé de mettre fin à mes jours. Je n'aurais besoin d'expliquer à personne les raisons de cette décision et, d'ailleurs, je ne vois pas qui cela pourrait intéresser, si vous n'existiez pas, vous que j'ai toujours considéré comme mon meilleur et – pourquoi ne pas l'admettre ? – mon seul ami. Le suicide, cela fait des années que j'y pense. Déjà, dans mon adolescence, je jouais beaucoup avec cette idée. Il est évident que la vie sur la mer, la seule que j'aie jamais pu concevoir, est finie pour moi. Nous en avons assez souvent parlé. Vous avez la faculté de vous adapter, pour un temps au moins, à la vie à terre. Même si vous finissez toujours par regagner la côte pour remonter sur le premier bateau qui vous accepte. Moi, je n'en ai jamais été capable. A terre, le temps me pèse et je suis pris d'un dégoût qui me paralyse. Ce n'est pas là, pourtant, la raison principale de mon suicide. J'ai eu de nouveau la possibilité de naviguer, mais je me suis rendu compte qu'avec le temps, j'avais accumulé quelque chose que je peux seulement définir comme une fatigue d'être vivant, d'avoir constamment à choisir, d'entendre les gens autour de moi parler de choses qui ne les concernent pas réellement ou qu'ils ne connaissent pas vraiment. Mon vieux Maqroll, la sottise de nos semblables n'a pas de limites. Si ça n'avait pas l'air un peu absurde, je dirais que je m'en vais parce que je ne supporte plus le bruit que font les vivants. Vous êtes le seul qui puisse comprendre ce que je veux dire. Nous n'avons jamais parlé de notre amitié, entre autres parce que, dès notre premier voyage ensemble – vous vous rappelez cette campagne de pêche dans les eaux de la Terre de Feu, notre fiasco final dans le port d'Aysén, l'Anglais qui voulait tout nous prendre en ne nous laissant que notre chemise et que j'ai dû abattre de trois balles dans la peau? –, je crois que nous avons su nous entendre sans avoir besoin de paroles. Il est clair que les choses qui nous concernent vraiment et qui déterminent notre destin ne sont pas faites pour être exprimées par des mots. Aujourd'hui, ceux-ci ne serviront pas non plus à grand-chose pour vous dire adieu. Un adieu d'ailleurs relatif, car je sais que, tant que vous serez en vie, vous vous souviendrez du vieux Sverre et des dangers, des angoisses, des échecs et des succès que nous avons partagés sur presque toutes les mers du monde. Voulez-vous savoir à quel moment ce flirt encore flou avec le suicide a pris une forme définitive? Une nuit à Vancouver, dans la taverne de Cass Montagüe, quand après avoir cassé tous les verres du bar et je ne sais combien de chaises, nous nous sommes assis dans la salle vide l'un en face de l'autre, pendant que Cass grattait son crâne dégarni en essayant vainement de comprendre ce qui s'était passé. Vous m'avez regardé et vous m'avez dit, avec ce sérieux que je connais bien et que vous réservez pour de rares occasions et pour très peu de gens : Jensen, si nous étions conséquents avec ce que nous ressentons en ce moment au fond de nous-mêmes à propos de tout ça, c'est-à-dire à propos de la vie, eh bien, nous nous tirerions tout de suite une balle dans la tête. Mais nous ne le ferons pas. Demain, nous remonterons sur notre bateau pour aller chercher des thons qui ne peuvent nous servir à rien car ce n'est pas là que ces choses se règlent. Vous êtes resté silencieux jusqu'à l'arrivée de la police qui nous a mis en prison pour quatre jours. Les avocats nous ont pris tout ce que nous avions gagné avec notre dernière campagne. Je n'étais pas aussi soûl que vous, et ces paroles sont restées gravées en moi jusqu'à aujourd'hui, où j'ai décidé de les faire miennes et de partir.

Il serait malhonnête de faire retomber la moindre responsabilité sur vos épaules. Si je vous raconte ça, c'est parce que, bien avant d'entendre vos propos de Vancouver, j'avais déjà pris, dans mon for intérieur, la détermination, peut-être encore imprécise en ce qui concernait le moment exact mais définitivement ancrée, de ne pas dépasser une certaine limite. Je veux encore vous dire que c'est votre ami Leb qui m'a éclairé sur les quelques raisons qui n'étaient pas encore évidentes et qui se cachaient dans un recoin de mon âme. Nous n'en avons jamais parlé, mais je sais que dès le premier instant de notre rencontre, Leb a compris que j'étais sur ce chemin. Denise, sa femme, le savait aussi. Je le répète, et vous le savez mieux que personne, ces choses-là ne s'expriment pas par des mots.

C'est tout, Maqroll de tous les démons. Assez de discours. Je m'en vais, et je remercie la vie de m'avoir fait croiser votre route. Oui, c'est tout. Continuez d'aller de désastre en désastre en parcourant le monde. Je sais que vous choisirez une autre porte de sortie. De toute façon, je vous attends de l'autre côté : vous me raconterez comment vous avez levé l'ancre. C'est la seule curiosité qui me reste, dans ce monde que je laisse sans chagrin, mais

sans espoir non plus de rencontrer quoi que ce soit sur
l'autre rive. Adieu, Gabier, ou à bientôt, qui sait et qu'importe.

Sverre

Je relus plusieurs fois la lettre, puis j'allai retrouver
Leb et Denise.

— Il s'est tué, n'est-ce pas ? demanda Leb avec un air
de certitude qui m'étonna.

— Comment le savez-vous ? lui répondis-je en lui tendant la lettre qu'il passa à Denise sans la lire.

— Dès que je l'ai vu, j'ai su qu'il le ferait.

— C'est ce que dit la lettre. Lisez-la, vous aussi.

— Je le ferai tout à l'heure. Vous voulez que je vous
dise ? J'envie Jensen. Je ne suivrai jamais son exemple, je
n'ai jamais pensé à faire ça, même si je suis passé par des
épreuves terribles. Mais je l'envie. Il y a dans son geste
quelque chose de propre et de net que j'admire.

Denise tendit la lettre à Leb, et celui-ci la lut avec des
hochements de tête répétés, pour montrer qu'il approuvait
ce qu'écrivait Sverre. Il me la rendit sans commentaires.
Je vidai la vodka que Denise m'avait servie et fis mes
adieux au couple.

J'étais déjà sur le seuil quand Leb me rappela :

— Maqroll !

Je me retournai.

— Non, ce n'est rien, dit Leb. Continuez à errer dans le
vent comme une barque sans pilote. C'est une autre
manière de faire ce que Jensen a fait.

— Oui, répondis-je, cela revient au même.

Et je m'enfonçai dans le labyrinthe nocturne des ruelles
de Saint-Malo, en direction du port où m'attendait le
bateau qui appareillait au petit jour.

Relation véridique des rencontres et complicités entre Maqroll le Gabier et le peintre Alejandro Obregón

Une flamme nue,
une lumière aveuglante
s'est mise en travers de mon chemin
et m'a fasciné mortellement,
mais j'ai pu échapper
à son létal empire,
et poursuivre mon vol
désespéré.

OLIVERIO GIRONDO, *Vol
sans rivages.*

*Non, non, pas acquérir. Voyager
pour t'appauvrir. Voilà ce dont tu as
besoin.*

HENRI MICHAUX, *Poteaux
d'angle.*

Je me trouvais à Madrid, sirotant un xérès au bar de l'hôtel Wellington que j'ai toujours apprécié et où je descendais, en des temps meilleurs, afin d'être près du parc du Retiro dont l'aimable douceur fin de siècle exerce sur moi un pouvoir évocateur et apaisant. J'étais absorbé dans la découverte, à la frange des choses, de cette lumière dorée des fins d'après-midi madrilènes qui laisse tout comme suspendu dans l'air et je constatais, une fois de plus, que j'étais à la frontière de l'al-Andalus. Soudain, un bras de fer me saisit par-derrière et je me trouvai immobilisé, incapable de prononcer un mot. Le frottement sur ma nuque d'une grande moustache à la François-Joseph dénonça mon agresseur : « Qu'est-ce que tu fous ici ? » dit-il, pendant que je me libérais et que je me retournais pour dissiper mes derniers doutes. C'était bien Alejandro Obregón. « Du diable si j'avais jamais pu imaginer que tu étais à Madrid », protesta-t-il en s'asseyant à côté de moi pour commander un autre xérès. Ses yeux bleu ardoise me scrutaient avec cette curiosité que nos amis peintres mettent à repérer le passage du temps sur le visage des autres. Cela faisait cinq ou six ans que nous ne nous étions vus. Alejandro était là, massif, puissant, essayant avec le plus de pudeur possible de dissiper sa gaucherie timide des premiers instants de la rencontre, trait qui a toujours été l'un des signes les plus constants et les plus émouvants de notre longue relation. Obregón, il est bon de le savoir, cache, sous plusieurs couches d'une dure écorce de bois tropical qui ne trompent personne, l'un des hommes les plus policés que je me souvienne d'avoir jamais rencontrés.

Peu après arrivèrent plusieurs de ses amis, parmi lesquels se trouvait le torero Pepe Dominguín. La conversation devint générale et nous parlâmes du sujet du jour : la mort en pleine gloire d'un jeune torero tué par un taureau dans un village andalou. Alejandro et sa femme partaient à minuit pour la Colombie. Carmen et moi, nous préparions notre deuxième voyage en Galice pour rendre visite à l'Apôtre de Compostelle. Au milieu de la conversation décousue et plutôt insipide, comme il est naturel entre personnes qui viennent tout juste de faire connaissance, nous tentions, Alejandro et moi, de faire le point sur nos affaires, sur le flot commun, ancien et toujours renouvelé, de souvenirs, d'expériences et de sentiments qui nous unissent depuis tant d'années. Impossible. Les taureaux continuaient à dominer la conversation avec une insistance accablante. Soudain, par un mot qu'il laissa tomber dans un court silence du groupe, je me rendis compte qu'il voulait me faire part de quelque chose qui n'avait rien à voir avec ce dont on était en train de parler. Cette impression se fit de plus en plus aiguë. Finalement, nous nous levâmes presque simultanément et nous passâmes à une autre table en priant les autres de nous excuser. Sans préambule, Obregón m'expliqua : « Tu vois comment sont les choses : cela fait des semaines que j'éprouve un besoin urgent de te parler et je n'aurais jamais imaginé que cela viendrait si vite. J'ai à te raconter quelque chose qui va t'intéresser au plus haut point. Il n'y a qu'à nous qu'il arrive des histoires pareilles. Écoute-moi bien, mon récit sera long et tous les détails comptent. Je vais t'étonner : il y a bientôt un an, j'ai rencontré à Carthagène une de tes connaissances, un personnage inoubliable sur qui tu as écrit des choses qui jadis me paraissaient étranges et dont je crois aujourd'hui que tu n'as pas dit assez. Tu as déjà deviné, bien sûr, de qui je veux parler. J'ai vu Maqroll le Gabier. »

Je dois avouer que parmi toutes les combinaisons possibles du hasard sur lesquelles je spécule souvent, jamais il ne me serait venu à l'esprit qu'une telle rencontre fût possible. Mais maintenant qu'Obregón me la racontait, elle me parut soudain absolument logique et prévisible. Je m'étonnai seulement qu'elle n'eût pas eu lieu plus tôt. D'un seul coup se présentèrent à moi de façon évidente tous les traits communs qui unissaient ces deux personnages, comme les différences abyssales qui les séparaient. Je le dis hâtivement à Alejandro qui me regardait, mi-inquisiteur mi-souriant, de cet œil céleste qui, quand il vous fixe attentivement, devient légèrement violet et distant. Il nous restait deux heures à passer ensemble et, oubliant peu courtoisement nos compagnons de la table voisine et nos femmes qui nous observaient, intriguées et amusées, nous nous plongeâmes totalement dans l'histoire d'une rencontre qui, d'une certaine manière, venait compléter le tracé en spirale de nos vies. Relater l'épisode avec les mots mêmes d'Obregón impliquerait de se perdre dans les méandres compliqués de jurons excessifs, de bégaiements incompréhensibles et de commentaires connexes se terminant par des éclats de rire homériques. Tout en sachant que je cours le risque de faire perdre à l'histoire beaucoup de sa couleur et de sa saveur, je me résigne à la transcrire sous une forme accessible au lecteur.

Un jour, au petit matin, Obregón reconduisait un couple d'invités à leur hôtel de Carthagène. Penser à un taxi était franchement naïf et le mari avait abusé du rhum Tres Esquinas au point d'être incapable de tenir debout tout seul. La femme, une Panaméenne mi-chinoise mi-irlandaise, s'était lancée dans des confidences assez scabreuses sur son passé de chorus-girl à Brême. Alejandro les hissa sur sa Land Rover avec cette patience dont seuls savent faire preuve les buveurs sérieux à l'égard de ceux qui ne le sont pas, et les déposa, un peu rafraîchis, dans le hall de l'hôtel. Au retour, en passant par une rue mal éclairée et de réputation douteuse vu la proximité du quartier réservé, il vit deux hommes qui en agressaient un troisième, lequel boitait visiblement et se défendait avec la maladresse de quelqu'un qui se trouve en net état d'infériorité. Alejandro arrêta la jeep devant le groupe et projeta sur lui ses phares. Il descendit, prêt à libérer l'homme de ses agresseurs, mais ceux-ci, en voyant quelqu'un leur arriver dessus avec la force d'un taureau agrémentée des gestes et des traits d'un militaire de la Vienne impériale, s'enfuirent et se perdirent dans l'obscurité des ruelles avoisinantes. Obregón fit monter l'homme dans sa voiture et, sans savoir pourquoi, s'adressa à lui en français pour lui demander à quelle adresse il souhaitait aller. Celui-ci répondit dans la même langue, expliquant qu'il naviguait sur un bateau-citerne actuellement à quai, et qu'au sortir d'un bordel minable deux malandrins l'avaient suivi en lui proposant de changer des dollars à un cours trop élevé pour ne pas être suspect. « Mais je ne sais pas, conclut-il, pourquoi nous parlons en français.

Cela fait si longtemps que je parle espagnol que j'en suis arrivé à penser que c'est ma vraie langue. » Là-dessus il proposa à Alejandro de chercher un bar ouvert pour prendre un verre. Obregón lui expliqua qu'il n'y avait plus rien d'ouvert et l'invita chez lui. Ils pourraient y attendre le jour, vu qu'il était inutile, à une heure pareille, de penser à dormir. L'autre accepta, ravi, et se présenta en esquissant un curieux sourire qui semblait complètement hors de propos : « Je m'appelle Maqroll, Maqroll le Gabier. » Obregón le dévisagea en le soupçonnant de se payer sa tête, mais l'homme souriait toujours. « Alors je vous connais. Votre nom m'est familier. Un ami a raconté divers épisodes de votre vie dans des livres qui n'ont pas eu beaucoup de succès par ici mais qui, moi, m'amusent beaucoup. » Obregón se présenta à son tour et lorsqu'il expliqua qu'il était peintre, l'autre haussa les épaules d'un air résigné, comme pour dire : « Il ne me manquait plus que ça. » Maqroll monta avec une certaine difficulté les marches abruptes qui menaient au premier étage de la petite maison située Calle de la Factoría. « Je souffre encore des séquelles d'une piqûre d'araignée qui m'a pratiquement desséché la jambe. Elle était presque guérie mais en me défendant contre ces individus quelque chose s'est rouvert. » Avec le premier rhum, le dialogue commença à couler entre ces deux vieux loups usés à l'aventure, aux surprises de la vie et à la tendresse humaine.

Alejandro ne se rappelait pas très bien les sentiers tortueux que les confidences avaient empruntés pour s'égrener, mais ce dont il demeurait absolument sûr c'est que, tout de suite, Maqroll s'était mis à parler des chats d'Istamboul. Partageant l'intérêt de son hôte pour les chats et convaincu de longue date du savoir secret des bêtes, Obregón écoutait avec cette attention que l'alcool avive chez ceux qui savent négocier avec lui et fixer leurs conditions. « Les chats d'Istamboul, expliqua le Gabier, sont d'une sagesse absolue. Ils contrôlent complètement la vie de la ville, mais ils le font d'une façon tellement prudente et silencieuse que les habitants ne se sont jamais rendu compte de ce phénomène. Cela doit remonter à Constantinople et à l'Empire d'Orient. Je vais vous dire pourquoi : j'ai soigneusement étudié les itinéraires que prennent les chats à partir du port, et ils suivent toujours, sans jamais dévier, ce qui fut les limites du palais impérial. Celles-ci ne sont plus visibles car les Turcs ont construit des maisons et ouvert des rues là où se trouvait jadis l'espace sacré des oints de la Théotokos. Et pourtant les chats les connaissent d'instinct et les parcourent toutes les nuits, entrant et sortant des constructions élevées par les infidèles. Après quoi, ils montent jusqu'à la pointe de la Corne d'Or et se reposent un moment dans les ruines du palais des Blachernes. Au lever du jour, ils regagnent le port pour faire le compte des navires qui sont arrivés et s'assurer du départ de ceux qui quittent les quais. Mais le plus inquiétant, c'est que si vous amenez un chat d'un autre pays et que vous le laissiez dans le port d'Istamboul, la nuit même, sans hésitation, le nouveau venu accomplit le parcours rituel. Ce qui veut dire que les chats du monde entier conservent dans leur mémoire prodigieuse les plans de l'auguste capitale des Comnènes et des Paléologues. Je n'ai jamais voulu confier cela à personne, parce que l'imbécillité des gens est incommensurable et qu'il y a des secrets qu'ils ne méritent pas qu'on leur confie. Mais ma familiarité avec les chats d'Istamboul va plus loin. Toutes les fois que j'arrive là-bas, j'y suis attendu par quelques vieux amis de la famille féline qui, depuis l'instant où je pose le pied à terre jusqu'à celui où je gravis la passerelle pour partir, me suivent en tout lieu. Deux d'entre eux répondent au nom que je leur ai donné, Orifiel et Miruz.

Il serait trop long de vous raconter tous les recoins que ces deux amis m'ont révélés, mais je puis vous dire qu'ils sont tous intimement liés à l'histoire de Byzance. Je peux vous en énumérer quelques-uns : l'endroit où fut torturé Alexis Comnène ; celui où tomba mort le dernier empereur, Constantin XI Paléologue ; la maison où Zoé, l'impératrice, fut violée par un Saxon à qui l'on avait ordonné de lui arracher les yeux ; le lieu où les moines de la Sainte-Trinité définirent la doctrine qui ne peut être nommée et se coupèrent mutuellement la langue pour ne pas en révéler le secret ; celui où Constantin Copronyme passa une nuit de pénitence parce qu'il avait abrité des désirs impurs pour le corps de sa mère ; celui où les mercenaires germaniques prêtaient le serment occulte qui les liait à leurs dieux ; celui où vint s'amarrer la première trirème vénitienne qui apporta la peste algique ; je pourrais ainsi vous énumérer bien d'autres refuges secrets de l'âme de la ville qui m'ont été révélés par mes deux compagnons félins. »

Obregón comprenait comme personne cet intérêt du Gabier pour les chats et lui fit part à son tour de quelques-uns des prodiges dont il avait été le témoin à Carthagène, et qui avaient eu pour acteurs les chats qui lui rendaient parfois visite dans son atelier. Parmi ceux-ci, le chat romain qui était devenu frénétique le jour où le peintre avait commencé à dessiner sur la toile un ange qui tournait le dos au visiteur, et un chat qui faisait des sauts et d'étranges cabrioles à chaque fois que l'on mentionnait le nom de l'archevêque et vice-roi Caballero y Góngora. Quand le jour se leva, l'amitié entre les deux hommes était aussi étroite que s'ils s'étaient connus depuis des années. Maqroll prépara un café digne d'un marin qu'attend une longue nuit de veille et ils le burent lentement, sans parler davantage. La descente de l'escalier fut encore plus difficultueuse pour le Gabier que la montée. Ils se dirent adieu devant la porte. Maqroll ne voulut pas qu'Alejandro le mène au port dans son véhicule. « Vous recevrez de mes nouvelles, lui dit-il en le quittant. Je repasserai vous voir avant que le bateau n'appareille, afin que nous causions encore un peu », et il s'éloigna clopin-clopant à la recherche d'un taxi, laissant le peintre médi-ter sur ce qui peut arriver aux hommes quand ils savent être fidèles à la trame délicate d'une amitié vraie.

Ici, j'interrompis mon ami pour lui dire que les der-nières nouvelles que j'avais reçues de notre camarade commun n'étaient guère rassurantes. Il s'était lancé toutes voiles dehors dans Dieu sait quelle aventure insensée et avait fini par avoir des problèmes avec l'armée : il avait été sauvé par l'intervention providentielle d'une ambas-sade du Moyen-Orient et par la sympathie qu'il avait éveillée chez un membre du Deuxième Bureau qui avait consenti à passer l'éponge. Mais mes surprises de cette soirée au bar du Wellington n'étaient pas terminées. Croi-sant les bras sur sa poitrine, geste qui lui est familier quand il est sur le point d'exprimer quelque chose qui le concerne intimement, Obregón me dit : « C'est que l'his-toire ne s'arrête pas là. Nous nous sommes finalement retrouvés et nous avons fait ensemble une navigation déli-rante de Curaçao à Carthagène. » Devant mon expression de stupéfaction, il condescendit à me narrer l'épisode avec force détails. Il nous restait encore du temps avant le départ pour l'aéroport. Nos femmes étaient montées dans leurs chambres pour se montrer les achats qu'elles avaient faits à Madrid. Pepe Dominguín et son groupe s'étaient éclipsés discrètement. Nous restâmes fidèles aux xérès qui commençaient à nous communiquer cette sage dou-ceur dans laquelle tout glisse sur un air du califat des Omeyyades.

Avant d'appareiller de Carthagène, le Gabier était passé chez Obregón pour prendre congé. Il s'était instauré entre eux ce genre de complicité qui lie les êtres qui ont soumis la vie à des épreuves peu communes et qui connaissent, mieux que les autres, les ressorts occultes du mécanisme incertain que les innocents comme nous appellent le hasard. Ils vidèrent deux bouteilles de ce rhum incolore qu'Obregón compare, un peu légèrement à mon avis, à de la vodka, et revinrent sur l'histoire des chats d'Istamboul. Alejandro lui débita son histoire des albatros qui avaient perdu leur route. Maqroll le laissa dire, voyant bien que son interlocuteur était du genre à qui de telles choses peuvent effectivement arriver, et y ajouta deux histoires de mouettes tout aussi improbables. Ils se séparèrent en se promettant de se donner de temps en temps des nouvelles de leurs pérégrinations. Plusieurs mois passèrent et Alejandro avait déjà catalogué sa rencontre avec le Gabier parmi les faits insolites qui peuplent son passé, quand il le retrouva, encore une fois par hasard, à Curaçao. Il était en train de chercher pour son déjeuner un restaurant qui le sortît du sempiternel menu chinois dont la monotonie est aussi horripilante que frauduleuse. On lui indiqua un endroit où l'on servait des spécialités indonésiennes et c'est en y entrant qu'il se trouva nez à nez avec le Gabier installé au bar où il essayait de corriger par d'invraisemblables adjonctions un *old-fashioned* qui ne parvenait pas à le convaincre. Ils se saluèrent comme s'ils s'étaient quittés la veille et décidèrent de s'aventurer parmi les récifs d'une carte de plats malais passablement approximatifs. Ils n'en mangèrent pas la moitié et passèrent au bourbon-ginger ale, afin de ne plus avancer à l'aveuglette sur la respectable voie de l'ivresse. Ce fut alors que Maqroll fit à mon ami la proposition séduisante qui faillit bien changer pour toujours le destin du peintre. « Venez avec moi, dit-il, sur le *Liselotte Elsberger*. C'est le bateau-citerne dont je suis le second. Nous rentrons par Aruba, et, de là, à Carthagène. Je garantis que vous prendrez du bon temps. Le capitaine, d'origine prussienne, est un ancien commandant de sous-marin de la Première Guerre mondiale, il est né à Kiel et il lui manque une jambe. Il l'a perdue à la bataille du Skagerrak. Il possède un répertoire inépuisable d'histoires de mer et même de terre, rien moins qu'édifiantes. Si vous devez retourner à Carthagène, rien ne vous empêche de nous accompagner. » Sans hésiter un instant, Obregón accepta l'invitation et, après être passé à son hôtel prendre ses vêtements et deux caisses de peintures hollandaises qu'il avait achetées à Curaçao, il partit en direction des quais avec le Gabier. Là se trouvait le *Liselotte Elsberger*, lequel avait un besoin urgent d'une couche de peinture. Ils montèrent à bord mais ils ne purent voir le capitaine, car celui-ci faisait une sieste qui semblait ne jamais devoir connaître de terme. Dans la cabine du Gabier il y avait une couchette libre sur laquelle Alejandro rangea ses affaires. Ils sortirent sur le pont et se mirent à l'arpenter d'une extrémité à l'autre en essayant de ne pas accorder trop d'attention à l'intense odeur de combustible qui infestait l'atmosphère. « Dès que nous aurons appareillé, avec la brise, ce sera plus tolérable », commenta Maqroll, en se gardant bien de s'appesantir sur le sujet. Obregón lui expliqua que l'odeur de peinture et de dissolvant l'avait accompagné une grande partie de sa vie. Le pétrole ne faisait pas grande différence. A la tombée du jour, le capitaine fit son apparition sur le pont. C'était un géant de deux mètres qui jouait avec adresse de sa jambe orthopédique, parlait avec un léger accent tudesque toutes les langues de la terre et gardait, sur son visage chevalin et imberbe d'officier du Kaiser, un sourire mi-las, mi-condescendant qui lui donnait un air ecclésiastique. C'était dans ses yeux que se concentrait toute la gravité rusée due à mille expériences, transgressions, compromis, oublis et souvenirs soigneusement emmagasinés. D'une couleur vaguement café, ils étaient perpétuellement mobiles et inquiets, sous un buisson de sourcils en désordre et de longs cils légèrement féminins. Sans jamais s'arrêter sur un point précis, ils semblaient passer constamment en revue les êtres et les choses qu'ils examinaient avec un intérêt fébrile. Il s'appelait Karl von Choltitz et se disait cousin éloigné du général nazi qui prétendait avoir sauvé in extremis Paris de la volatilisation. Après quelques phrases de circonstance, le capitaine demanda à Obregón la permission de lui enlever Maqroll. Le moment était venu des premières manœuvres de l'appareillage. Le bateau était chargé au-delà de la ligne de flottaison et l'opération réclamait beaucoup d'attention. Obregón demeura sur le pont pour contempler l'envahissement de la nuit qui commençait à dissoudre un festival de mille couleurs allant du rouge sang à l'orange le plus délicat. Il se souvint des paysages des boîtes de biscuits Huntley Palmers qu'il avait connues enfant, dans le Berlin d'avant le nazisme. Le voyage débuta sans le moindre accroc. Le bateau glissait sur une mer d'huile. Le tintement d'une cloche le ramena à la réalité et il vit Maqroll qui, de la passerelle, lui faisait signe de venir dîner chez le capitaine. Rien ne pouvait être plus dépourvu de tout détail personnel et intime que la cabine du capitaine von Choltitz. Pas le moindre portrait de famille, pas la moindre vue de sa ville natale, pas le moindre objet qui pût rappeler le passé. Seules étaient accrochées aux cloisons deux vieilles cartes des Caraïbes et une nomenclature des signaux. Obregón en ressentit une inquiétude singulière, comme si ce vide extérieur en reflétait un autre, celui, intérieur et sans fond, d'une âme qui avait fait table rase du passé. Mais ce qui le fascina, ce fut de voir, sur la petite table où les mets étaient servis, un grand *bowl* d'argent viennois entouré de plateaux assortis, également d'argent, sur lesquels étaient disposés d'appétissants canapés de pain noir aux plus succulentes variétés de saumon, hareng, caviar, truite fumée, thon et chair d'oursin. Le capitaine indiqua leurs sièges aux invités et procéda à une cérémonie qui ajouta encore à la stupéfaction d'Alejandro. Il déboucha une bouteille de champagne français d'une marque prestigieuse et se mit à la verser dans le bowl, tout en y vidant simultanément de l'autre main une bouteille de bière blonde allemande. Cette dernière terminée, il continua avec une seconde jusqu'à ce qu'il fût au bout du champagne. Après quoi il distribua des verres de cristal avec des anses en forme d'ailes héraldiques et invita ses hôtes à boire, d'un geste courtois et militaire d'authentique junker. Maqroll fit un signe à son ami pour lui indiquer que ce cérémonial était habituel et qu'il ne devait pas s'en étonner. Et c'est ainsi que commença une longue nuit de souvenirs et d'anecdotes au cours de laquelle chacun livra le meilleur de son répertoire. Le bowl était régulièrement alimenté par le capitaine qui ne donnait aucun signe de fatigue et encore moins d'ivresse. Ils allèrent se coucher aux premières lueurs de l'aube. Le jour suivant, vers les onze heures du matin, la cérémonie se renouvela pour se prolonger jusqu'à la fin de l'après-midi, et elle recommença encore à la nuit tombée, après un temps consacré à divers travaux de bord. Aucun des assistants ne manifestait une quelconque ébriété. Quatre journées consécutives d'un pareil traitement consolidèrent fortement les affinités et les correspondances qui étaient déjà latentes entre Obregón et le Gabier, tandis qu'ils faisaient revivre chez von Choltitz les jours meilleurs de sa carrière de marin. Dans l'euphorie des longues séances de nostalgie et de boisson, le capitaine finit par inviter Obregón à les accompagner dans les eaux de la Méditerranée où ils devaient honorer un contrat de deux ans en transportant du combustible entre l'Algérie et la Corse. Alejandro passa sa nuit de veille à flirter avec la proposition. Ils arrivèrent à Aruba, et le *Liselotte Elsberger* y relâcha deux jours pour charger de l'essence d'avion à destination de Carthagène. Le trio, désormais fondu dans la même atmosphère d'évocations et de rudes preuves de résistance au cocktail délétère du junker, ne se donna même pas le mal de descendre à terre. Lorsqu'ils s'amarrèrent au quai de Mamonal, à Carthagène, Alejandro, dans un moment de lucidité et d'aspirine, parvint à décliner poliment l'offre de von Choltitz. Tandis qu'il bafouillait des excuses compliquées, le Gabier approuvait légèrement de la tête la décision de son ami dont il avait appris à admirer la peinture, la sentant curieusement proche parce qu'elle lui révélait des zones occultes et insondables de sa propre conscience. Le Gabier accompagna Obregón jusque chez lui et là ils se séparèrent, non sans avoir liquidé une bouteille de rhum des îles qu'ils avaient achetée à Curaçao. « Quand je lui ai dit que je te connaissais depuis des années, m'expliqua Alejandro en terminant son récit, il m'a recommandé, si je te voyais, de te transmettre son salut et de te dire qu'il était sur le point de t'envoyer quelques papiers dans lesquels il raconte certains épisodes de sa vie de mineur dans la Cordillère peu connus de toi jusqu'à ce jour. Il m'a dit aussi qu'il n'avait jamais réussi à comprendre l'intérêt que tu portes à ses aventures, qu'il trouve pour sa part plutôt obscures, ordinaires et tout à fait communes. Ce sont ses propres mots. »

Sur ces entrefaites, la femme d'Alejandro vint nous prévenir qu'ils risquaient de manquer l'avion s'ils ne partaient pas immédiatement. Obregón demeura un moment plongé dans ses pensées, le regard perdu dans cette région indéterminée et désolée où il a coutume de se réfugier quand la vie lui tombe dessus avec des exigences qu'il trouve inacceptables mais auxquelles il sait se résigner avec une sagesse de rabbin médiéval qui doit lui venir de ses ancêtres catalans. Nous nous séparâmes sur une vigoureuse accolade, comme si c'était la dernière fois que nous devions nous voir. Cela se passe toujours de la même manière, et toujours les dieux cléments nous offrent une nouvelle occasion de nous retrouver.

Comme on pouvait s'y attendre, cette révélation d'Alejandro sur sa rencontre avec Maqroll le Gabier devait avoir des suites qui ne pouvaient tarder à se manifester. Deux personnages aux profils aussi accusés et hors du commun ne se croisent pas dans la vie sans laisser derrière eux une traîne de planètes en désordre. Des mois après notre rencontre dans le bar du Wellington, je reçus une volumineuse enveloppe qui portait le cachet postal de Manille. Elle contenait une relation détaillée mais capricieusement agencée de quelques épisodes de la vie d'orpailleur du Gabier et une longue lettre dans laquelle il me faisait part de sa résidence actuelle et des mésaventures coutumières de cette vie errante dont il ne pouvait se passer. Il faisait mention d'Alejandro dans deux longs paragraphes. Je ne puis résister à la tentation de les transcrire ici car ils complètent et enrichissent substantiellement l'histoire de cette amitié dans laquelle le rôle qui me revient est, comme toujours lorsqu'il s'agit de Maqroll, celui plutôt ingrat de simple intermédiaire. Le premier fragment disait ceci :

« ... aussi ai-je décidé de rester quelque temps à Kuala Lumpur. Je me suis installé dans la maison d'une fabricante d'encens funéraires et de parfums destinés aux cérémonies religieuses. Ma curiosité n'a pas manqué d'être immédiatement éveillée par la femme. J'avais été mis en contact avec elle par un conducteur de tramway de Singapour avec lequel j'entretenais des relations cordiales qui se manifestaient sur deux plans bien différents : nous buvions du vin de palme avec de l'absinthe dans un bar clandestin fréquenté par des touristes anglaises et scandinaves en quête de sensations exotiques. Je ne sais si leur curiosité était assouvie, mais ce dont je suis certain c'est que notre appétit de femmes blanches était largement comblé. Le contact trop prolongé des seules femmes asiatiques finit par causer une sorte d'indigestion qui tourne à la frigidité. Par ailleurs Malaca Jack – c'était son nom – aimait m'embarquer quand il passait aux commandes de son tramway. Il m'invitait à monter à côté de lui pour bavarder un moment pendant qu'il faisait son trajet habituel. C'était un causeur intarissable, il connaissait les secrets les plus cachés de la ville et de ses habitants, ce qui faisait du parcours une expérience amusante et extrêmement instructive. Quand je lui avais raconté que j'allais à Kuala Lumpur pour une improbable affaire de bois de teck qui m'avait été proposée par un Portugais plus que douteux et glissant qui répondait au nom plus incertain encore de Fernando de Luanda, il m'avait recommandé d'aller voir de sa part Khalitan, la vendeuse d'encens. La femme s'est avérée posséder, elle aussi, un savoir sans fond des faits et gestes ordinaires et extraordinaires de ses concitoyens, gens secrets s'il en est et dont le caractère recèle de dangereux replis qu'il vaut mieux bien connaître avant de traiter avec eux. Comme on pouvait s'y attendre, nous nous sommes retrouvés dans le même lit, où elle parlait toujours un dialecte javanais sans jamais parvenir à articuler le moindre mot dans aucune des langues qu'elle baragouinait avec une relative aisance. Un jour qu'elle revenait de l'enterrement somptueux du *capo* multimillionnaire d'une mafia de contrebandiers en bijoux archéologiques, elle m'a raconté qu'elle avait entr'aperçu, au milieu de la fumée de l'encens vendu par ses soins pour les interminables cérémonies propitiatoires, le visage d'un Européen aux yeux bleus et à la moustache fournie prolongée par des favoris roux d'artilleur. L'homme apparaissait et disparaissait dans l'épais brouillard funéraire, tout en lançant les imprécations les plus échevelées et les plus grossières en anglais et dans une autre langue qui ressemblait à de l'espagnol mais qui rappelait aussi le français. "Il m'a semblé qu'il prononçait ton nom, m'a expliqué Khalitan, mi-intriguée, mi-rigolarde, mais quand je me suis approchée, il est parti en faisant des bonds comme un exorcisé." Je lui ai immédiatement demandé de me mener sur les lieux de l'enterrement pour chercher aux alentours ladite apparition. Quelque chose me disait qu'il s'agissait d'un personnage que je connaissais bien. Ces yeux bleus, ces moustaches et ces favoris à la François-Joseph, les jurons en anglais et en catalan – langue que mon amie n'avait pu identifier mais qu'elle avait décrite d'une manière assez reconnaissable – ne pouvaient appartenir qu'à un seul individu. Khalitan a d'abord refusé de céder à mes instances. L'idée lui semblait absurde. Plusieurs heures s'étaient écoulées depuis la fin de la cérémonie et le quartier était une zone de grandes résidences prétentieuses et de parcs à l'abandon, sans aucune vie commerçante. J'ai insisté, j'ai fini par la convaincre et nous sommes partis. L'endroit était bien comme elle me l'avait décrit : des avenues désolées plantées de grands arbres qui donnaient une ombre perpétuelle et humide, des grillages interminables clôturant des jardins à moitié sauvages, et au fond de ceux-ci, des demeures dans les styles les plus insolites et les plus délirants : colonial du sud des États-Unis, Tudor avec des toits en pente attendant des neiges inconcevables dans ce four tropical, hispano-californien, mauresque hollywoodien, et Art déco maculé par la pluie et la résine qui dégouttait de l'opulente végétation. Nous avons parcouru plusieurs rues, toutes semblables, dans la carriole déglinguée de la parfumeuse qui essayait d'activer le pas de l'âne patient et sceptique, lequel tirait avec un manque de conviction désespérant. Elle m'a apostrophé : "Il n'y a que toi, fou de Gabier, pour nous mettre dans des histoires pareilles. Et j'aimerais bien savoir ce que tu expliqueras à la première patrouille de police qui va nous arrêter." Cinq minutes ne s'étaient pas écoulées depuis cette fatale prémonition de Khalitan que nous étions effectivement arrêtés par une vieille Ford aux couleurs vert et or de la police. Mais au lieu de nous poser la moindre question, les agents ont ouvert la portière pour éjecter, comme un diable de sa boîte, un énergumène au visage peint d'argile rouge et bleu, couleurs qui sont à Kuala Lumpur celles des participants à une cérémonie funèbre, et qui criait à pleine gorge : "Espèce de couillon, bougre d'avorton, Maqroll de merde ! Tu vas me laisser aux mains de ces Jaunes qui puent le poisson pourri ?" Comme je l'avais craint, il s'agissait bien d'Alejandro Obregón qui était resté là, entre deux avions. La raison de cette équipée le peignait tout entier : tenter de séduire une infirmière hindoue qui attendait avec résignation l'arrivée de l'avion d'Air India au bar de l'aéroport. Obregón est monté dans la carriole. Je l'ai présenté à mon amie en lui expliquant comment elle gagnait sa vie. "Parfait ! a commenté Alejandro. Cela tombe à pic. Je veux que vous me brûliez de ces essences, car elles produisent des couleurs merveilleuses." J'avais eu l'occasion d'expliquer à Khalitan qui il était, comment nous nous étions connus à Carthagène, ainsi que notre voyage ultérieur sur le *Liselotte Elsberger*. Elle ne l'en contemplait pas moins avec toutes les marques de l'étonnement peintes sur son visage. Mon ami, qui peut à l'occasion se montrer galant comme un dandy, s'est senti obligé de risquer une explication, laquelle s'est révélée encore plus insolite : "Vois-tu, mon enfant, quand j'ai vu passer le cortège devant les locaux d'Air France où j'étais en train d'essayer de régulariser mon billet, je n'ai pas pu m'empêcher de le suivre en laissant tout tomber pour le reste de la journée. La couleur des vêtements des officiants et les tons rouges, verts et orange de tes encens m'ont ébloui. Quel que soit l'objet d'un tel déploiement de couleurs, on se sent obligé d'emboîter le pas au cortège et de le suivre jusqu'aux plus ultimes conséquences. Je me suis peint la figure avec les terres que m'a offertes une enfant qui marchait à côté de la veuve et je me suis mêlé aux parents en imitant les gestes de mes voisins. De temps en temps un homme portant un masque de crapaud bariolé de taches jaune safran et bleu ciel s'approchait de moi et me faisait boire une espèce de mixture qui avait un goût de cannelle et de santal. J'ai fini par me retrouver effroyablement soûl, mais je crois que tout le monde était dans le même état. Comme j'avais reçu une carte postale de Maqroll qui avait été postée dans cette ville, je me suis évertué à l'appeler dans toutes les langues que je connais. Une fois l'enterrement fini, je me suis endormi sous un énorme manguier qui cachait presque entièrement l'entrée de la maison du défunt. C'est là que la police m'a cueilli. Quels types ! Ils sont d'une cruauté de reptiles apprivoisés tout à fait redoutable. Enfin, tu vois que tout est bien qui finit bien, puisque je suis ici." Comme je l'ai dit, loin de rassurer mon amie, cette explication n'a fait que la déconcerter davantage. Entre-temps nous étions arrivés à la maison et, avec une hospitalité absolument spontanée qui n'admettait aucune réplique, Khalitan a installé Obregón dans une chambre qui donnait sur la galerie de derrière et surplombait dangereusement un canal aux eaux stagnantes où passaient de temps à autre des canots chargés de fleurs et de fruits aux couleurs invraisemblables. Avec le même naturel, Obregón a pris possession des lieux après que nous fûmes allés chercher ses bagages au comptoir d'Air France de l'aéroport.

» La vie de notre ami à Kuala Lumpur a été agrémentée des plus diverses péripéties. Mais il passait la plus grande partie de son temps à peindre. Il avait installé un chevalet improvisé sur la galerie et s'était procuré des toiles qu'il tendait lui-même sur des châssis de bois semi-précieux achetés au marché par Khalitan. Ici, je voudrais dire quelques mots de la peinture d'Alejandro. Vous savez, bien sûr, que je suis loin d'être un expert en la matière, mais je me sens si proche du monde recréé par ses tableaux que je ne pense pas que mes propos soient déplacés, surtout si je considère l'intérêt que vous avez toujours montré pour ce Gabier nomade à la vie aussi désordonnée qu'absurde.

» La peinture d'Obregón évoque un autre monde, complètement différent de celui que nous habitons. Elle transcrit une réalité qu'il va chercher dans des méandres de son âme que je suis absolument incapable d'imaginer. C'est une peinture angélique, mais d'anges du sixième jour de la création. Je garde toujours avec moi une petite esquisse à l'huile sur carton qu'il a peinte dans la nuit étoilée et humide d'Aruba. Elle représente une chaise, vue sous un angle impossible. Mais cette chaise elle-même n'a rien de commun avec ce que nous avons l'habitude d'appeler ainsi. Il s'agit, je le répète, d'une chaise d'un autre monde. C'est en ce sens que je dis de cette peinture qu'elle est angélique. Les tableaux qu'il a faits à Kuala Lumpur – et qui ont tous coulé par la suite dans le golfe d'Aden à bord d'un cargo miteux qui avait heurté une mine échappée d'une base navale non identifiée – ont produit en moi un éblouissement infini. Aujourd'hui encore ils peuplent mes rêves. Ils comportaient tous les éléments de l'atmosphère à la fois exquise et tropicale, baroque et décadente, qui fait du paysage de Kuala Lumpur un lieu sans égal. Mais en même temps rien, dans ces tableaux, n'était la copie de la réalité environnante. Simplement, Obregón avait enregistré dans sa mémoire des essences, des couleurs et des volumes, et les avait transposés dans ce monde à lui, particulier et unique, où ils s'étaient mis à vivre une nouvelle existence. Khalitan s'extasiait en le regardant peindre et elle me disait ensuite à voix basse : "Je crois qu'il prie." Une nuit, je l'ai surprise à brûler autour des tableaux de l'encens destiné aux cérémonies de méditation. J'ai réveillé Alejandro pour lui montrer la scène. Il n'a pas marqué le plus petit signe d'étonnement. Cela lui semblait la chose la plus naturelle du monde. "Elle va brûler toute la maison, et nous avec, lui ai-je dit à l'oreille. – Bravo, a-t-il répondu, ce serait magnifique." Je l'ai prudemment raccompagné jusqu'à son lit. Dans ses yeux de chat de l'Ensache barcelonais brillait une lueur qui m'a donné la chair de poule. Nous avons vraiment failli finir en feu d'artifice funéraire. Il est un autre aspect de la peinture d'Obregón qui m'intrigue au plus haut point, et dont vous pourriez certainement me dire, vous qui le connaissez depuis si longtemps, s'il était déjà présent dans ses premiers tableaux : quand Obregón peint des êtres humains, femmes, enfants, portraits, ceux-ci ont une espèce d'innocence dangereuse, une sensualité antérieure à la sensualité – angélique, ici encore, mais avec des altérations d'une hérésie raffinée –, qui nous donnent l'impression d'avoir pénétré sans autorisation dans un monde interdit. Lorsque j'ai vu certains de ses autoportraits, la nuit où nous nous sommes connus, je me suis tout de suite rendu compte que je me trouvais devant un personnage hors du commun, un visionnaire que marquèrent je ne sais quels dieux rongés par le malheur. Ils représentaient bien l'individu qui était en train de me parler, celui qui m'avait sauvé des malfrats, mais en même temps c'était un être complètement étranger qui me regardait depuis le tableau, un être qui avait quelque chose à dire et qui était sur le point de le dire au moment même où il avait été fixé définitivement sur la toile, mais qui avait préféré se réfugier dans le silence, nous sauvant ainsi, nous autres mortels, d'une expérience inexprimable. Bon, voilà que je me suis embarqué dans la description d'un phénomène que vous connaissez bien mieux que moi et dont vous pourriez sûrement parler avec beaucoup plus de compétence.

» Plusieurs semaines ont passé et l'histoire du bois de teck était restée en rade parce que l'associé portugais présumé avait préféré aller fonder une fabrique de savons au Brésil, en me laissant sur l'amère déception d'avoir raté l'affaire de ma vie. Ce genre d'expérience m'est si familier que je sais appliquer immédiatement les antidotes nécessaires et poursuivre mon errance. J'ai décidé de gagner Chypre, où m'attendaient des épreuves et des entreprises dont j'ai déjà eu l'occasion de vous parler. A ce moment-là Khalitan et Alejandro avaient noué des liens qui, loin de me mortifier, me permettaient de partir sans la moindre culpabilité, heureux de savoir que notre homme allait connaître un monde où l'ésotérisme s'associe savamment à un érotisme aussi spontané que cérémonieux. »

Le second passage de cette longue missive qui concerne le Gabier se trouve à la fin de celle-ci ; il est plus court que le précédent. Il surgit sans crier gare parmi d'autres développements qui semblent n'avoir aucun rapport avec le sujet principal. Il dit :

« Je suis arrivé à Vancouver à bord d'un garde-côte de la marine canadienne qui nous avait miraculeusement sauvés quelques minutes après le naufrage de ce maudit bateau, chargé de peaux pourries et conduit par un capitaine et un second qui avaient sûrement conclu un pacte avec le démon pour nous rendre la vie impossible. Sans papiers, sans argent, ignorant tout du pays où je débarquais pour la première fois, la seule idée qui m'est venue à l'esprit a été de demander l'hospitalité à l'Abri du marin, institution de charité qui fournit le nécessaire aux marins dans mon cas, le temps qu'ils puissent faire face aux coups du sort. Vous connaissez suffisamment l'état habituel de mes papiers d'identité et autres documents, et combien ceux-ci sont précaires, même lorsque je suis parvenu à m'en procurer au moyen d'expédients sur lesquels il vaut mieux garder le silence, pour comprendre ce que pouvait être ma situation en Colombie britannique, alors que l'hiver imminent s'annonçait comme l'un des plus rigoureux des cinquante dernières années. A l'asile, on m'a donné quelques vêtements plus chauds que ceux que je portais, tirés d'une armoire où étaient conservées les affaires des marins morts. Ainsi affublé, je me suis lancé dans les rues sans but précis. Comme je ne figure sur aucun des registres de la marine marchande existant dans le monde et que je suis inconnu de tous les consulats, vous comprendrez mon anxiété face à la nécessité d'avoir à trouver une solution avant le délai de trente jours que les autorités d'immigration m'avaient accordé à mon débarquement.

» Une semaine s'est écoulée ainsi et chaque jour qui passait fermait davantage mon horizon. Et puis, soudain, j'ai décidé d'aller au consulat de Colombie pour envoyer un SOS à mon ami Alejandro Obregón. Pourquoi est-ce précisément à lui que j'ai pensé et non à tel autre des rares mais fidèles et solides amis que je possède, éparpillés, de par le monde ? "Parce que c'est comme ça, dans cette salope de vie, voilà tout", m'a expliqué Alejandro, quand je lui ai posé la question. Le consulat a envoyé mon appel au secours à Carthagène d'où il lui a été répondu qu'Obregón se trouvait à San Francisco pour une exposition de peinture. Il était descendu à l'hôtel Francis Drake. S'agissant de notre ami, le choix d'un lieu portant ce nom m'a paru être la moindre des choses. On m'a permis, au consulat, d'appeler le peintre auquel j'ai brièvement expliqué ma situation. Il s'est borné à répondre : "Merde alors ! J'arrive. Inutile de bavarder. Laissez-moi parler au consul." J'ai passé l'appareil au consul qui a écouté Obregón en me dévisageant avec curiosité et méfiance. La communication terminée, il a sorti quelques billets du tiroir de son bureau préhistorique et m'a dit en me les tendant : "Le Maître me prie de vous donner cela pour que vous ayez de quoi vivre jusqu'à son arrivée, je crois qu'il sera là samedi prochain." Je lui ai exprimé ma gratitude qui était, en l'occurrence, absolument sincère et même un peu émue, ce à quoi il s'est contenté de me répondre : "Ne vous fatiguez pas, monsieur. Il est impossible de refuser quelque chose au Maître, aussi étranges que puissent paraître ses demandes." J'ai fait demi-tour et je suis sorti en essayant de digérer sans trop de souffrances pour ma sérénité les secrètes réserves contenues dans ces paroles. La vie m'a appris à m'y appliquer de façon presque automatique et impersonnelle. D'ailleurs mon aspect ne devait pas être des plus engageants. Je n'avais pas encore rendu visite au coiffeur et les vêtements que je portais dénonçaient de très loin que le défunt était d'une taille bien au-dessus de la mienne.

» Alejandro est arrivé comme il l'avait promis. Il a débarqué avec cette gentillesse chaleureuse qui est l'un des signes constants de son caractère, tempérée comme toujours par une pudeur de bon aloi et par un respect obsessionnel et inflexible de l'intimité d'autrui. Il apportait en outre un passeport d'une petite république des Caraïbes orné d'une photographie où l'on pouvait deviner certains de mes traits cachés sous une barbe de baleinier. "Vous allez devoir vous laisser pousser la barbe, Gabier. Ça sera d'autant plus facile que c'est déjà à moitié fait", a commenté Alejandro mort de rire, tandis que nous buvions un whisky canadien plat et parfumé en essayant de le faire passer par l'adjonction de ginger ale. C'est là qu'il m'a raconté comment cela s'était terminé à Kuala Lumpur. "Je suis parti sans regrets. La relation avec votre amie avait fini par devenir une sorte de messe violette enveloppée de tous les parfums de l'orthodoxie bouddhiste. Enfin, je ne suis pas sûr qu'on puisse appeler cette saloperie du bouddhisme. Bref, ça ou autre chose, ce que je sais c'est que quand j'ai ouvert ma valise à Rome où j'ai débarqué après un vol sans escale, elle avait la même odeur que celle du mort à l'enterrement qui nous avait réunis." Nous sommes passés à d'autres sujets. Je lui ai demandé ce qu'il était en train de peindre en ce moment. Sa réponse n'était pas de celles que l'on oublie, mais il l'a entrecoupée de tant de jurons que j'ai l'impression, en la transcrivant sans ceux-ci, de trahir notre ami. Voici donc, "à quelques mots près", ce que m'a dit Obregón :

» "Voyez-vous, Gabier, cette saloperie de peinture, c'est très facile... mais c'est aussi très compliqué. Ça se résume à ceci : il faut toujours être vrai. C'est comme dans la vie : dans un tableau, il n'y a que la vérité qui tienne le coup. Sur la toile, on joue la carte de l'immortalité. Mentir, c'est falsifier la vie, ce qui veut dire : mourir. Est-ce clair ? Bien. Maintenant, il y a le problème des couleurs. Il faut savoir une fois pour toutes que c'est le peintre, et le peintre seul, qui les dirige, qui les ordonne. Bref, qui les crée. Ça ne les empêche pas de faire la fête pour leur propre compte. Quand elles s'unissent et qu'elles se transforment en une couleur nouvelle, c'est une nouba que personne ne peut imaginer. Mais il y a toujours, je dis bien toujours, quelqu'un qui commande. Pinceau ou couteau à la main, sans trembler, sans hésiter, avec la certitude d'être maître et seigneur de ce royaume. L'arc-en-ciel, il faut l'envoyer se faire foutre. On n'a aucun compte à lui rendre, jamais, ou alors le tableau est fichu, un naufrage dans une mer de bave. Voyez-vous, l'arc-en-ciel et toutes ces histoires-là, il faut les traiter comme j'ai traité, voici bien des années, une bande d'albatros qui arrivaient, en formation, volant très bas. Je crois vous l'avoir déjà raconté. J'étais sur la plage quand je les ai vus venir. J'ai pris un bâton et j'ai dessiné sur le sable une énorme flèche pointée dans la direction contraire à celle que suivaient ces volatiles. Quand ils l'ont vue, ils sont devenus comme possédés ; ils se sont mis à tournoyer au-dessus de moi, ils ont rompu leur formation et puis, au bout d'un moment, ils se sont rassemblés à nouveau pour s'éloigner dans la direction de la flèche, c'est-à-dire à l'opposé de celle qu'ils avaient suivie. La peinture, c'est la même chose : le

peintre fixe la destination des couleurs et de la composi-
tion, de l'ordre que doivent suivre les éléments du tableau.
Oui, je sais, c'est facile à dire, mais cela doit être ainsi.
Seulement, voyez-vous, Gabier, c'est pareil que pour
toutes les saloperies qui vous arrivent dans la vie. Ce que
vous ne contrôlez pas se retourne toujours contre vous. Le
problème, c'est que les gens ne comprennent pas ça. Mais
les gens, vous le savez bien, les gens ne sont pas utiles à
grand-chose. C'est fou ce qu'ils m'assomment, les gens.
Un poète de ma terre, qui serait certainement pour vous
un excellent ami et un compagnon idéal dans l'expéri-
mentation des alcools les plus trapus et des tavernes les
plus invraisemblables, disait : Ah, les gens qui n'y
connaissent rien et qui passent leur temps à donner leur
avis ! Enfin, c'est une autre histoire. Revenons à la peinture. Nous sommes donc d'accord que tout ce que je
peins, tout ce que j'ai peint dans ma vie, jusqu'au dessin
le plus simple, est la vérité et rien que la vérité. D'ailleurs
la seule chose qui m'intéresse, c'est que ceux qui voient
un tableau de moi aient immédiatement cette certitude.
Donc le plus important est d'apprendre à voir, d'arriver à
savoir regarder : les choses, les êtres, les montagnes, la
mer et ses créatures. Tout ce que nous voyons cache toujours une partie, la laisse dans l'ombre. C'est là qu'il faut
parvenir, pour éclairer, découvrir, déchiffrer. Rien ne doit
demeurer secret. Je sais que c'est demander beaucoup.
Mais il n'y a pas d'autre solution. La mer, par exemple,
vous qui l'avez tant parcourue et qui la connaissez si
bien : la mer est ce qu'il y a de plus important au monde.
Il faut savoir la regarder, suivre ses changements d'humeur, l'écouter, la sentir. Savez-vous pourquoi ? Pour une
raison très simple que tous croient connaître mais dont je
suis convaincu que nul n'arrive à la comprendre à fond :
parce que c'est là qu'est née la vie, que c'est de là que nous

sommes sortis, et qu'une part de nous-mêmes y demeurera toujours submergée parmi les algues dans la profondeur des ténèbres. Aujourd'hui, je me sens presque prêt pour la mise en œuvre de ce vieux rêve qui me poursuit depuis des années : peindre le vent. Mais oui, ne faites pas cette tête. Peindre le vent, mais pas celui qui passe dans les arbres, ni celui qui agite les vagues ou qui soulève les jupes des filles. Non, je veux peindre le vent qui entre par une fenêtre et sort par une autre, comme ça, et rien de plus. Le vent qui ne laisse pas de traces, le vent si pareil à nous, à notre vie, à cette chose qui n'a pas de nom et qui file entre nos mains sans que nous sachions comment. Le vent que vous, le Gabier, vous avez si souvent vu venir vers vos voiles, changer soudain de route et n'arriver jamais. C'est celui-là que je veux peindre. Je ne l'ai encore jamais fait. Je vais le faire. On verra bien. Il s'agit de savoir le surprendre au moment précis où son passage n'offre pas le moindre doute. Pour cela, je le sais, il faut savoir regarder ; je vous l'ai dit : regarder le côté caché des choses. Avec le vent, c'est pareil, et ça, en vérité, je sais le faire : regarder, regarder jusqu'à ne plus être soi-même. Merde ! Maqroll, je me suis déjà égaré une fois, mais je crois que vous me comprenez parce que si vous ne comprenez pas, nous sommes foutus !" Je lui ai répondu que je le comprenais très bien, que tout me semblait parfaitement clair, mais que cette manière de voir la vie supposait une exigence, un ascétisme de tous les instants fort difficiles à assumer. "Il n'y a pas d'autre solution, Gabier, il n'y a pas d'autre solution, c'est ça cette salope de vie." Nous étions dans un bar dont le patron, un Grec hargneux aux sourcils épais, avait insisté pour nous faire ingurgiter un ouzo infect que nous avons refusé pour le whisky canadien *on the rocks*. L'homme nous regardait avec un air méprisant et soupçonneux, ce qui achevait de nous mettre mal à l'aise, car le lieu était visiblement peu recommandable et les affaires qui se discutaient aux autres tables entre individus de nationalités variées avaient une allure plutôt louche. "C'est que nous sommes des innocents, a insisté Obregón. Des innocents au sens que les Russes donnent à ce mot, c'est-à-dire : des serviteurs vigilants de la vérité. Et ça, pour les gens, c'est ce qui est le plus suspect. Voilà pourquoi, ici, on nous trouve une sale gueule." Le Grec a détourné son regard et feint de s'absorber dans le nettoyage de ses verres avec un zèle parfaitement factice. Nous avons passé deux jours à visiter divers endroits du port qui ne valaient pas mieux que celui-là. Obregón est reparti pour San Francisco sans même me permettre d'exprimer ma reconnaissance. D'un geste catégorique de la main, il a coupé court à toutes mes tentatives dans ce sens. Je l'ai accompagné à l'aéroport et nous nous sommes séparés sur une chaleureuse étreinte. A cet instant, ses yeux ont pris une couleur bleu acier, leur ton céleste avait disparu. J'ai interprété cela comme le signe d'une tendresse étroitement contrôlée. Le jour suivant, je me suis embarqué pour le Sud à bord d'un cargo qui allait à Valdivia. Une avarie de radar nous a obligés à faire escale dans le port de Los Angeles... »

Telles étaient les nouvelles que le Gabier me donnait de ses rencontres avec Obregón, le peintre.

*
* *

Tout cela s'est passé il y a bien longtemps. Aujourd'hui, nos trois vies ont complètement changé. De Maqroll le Gabier, voici des années que je ne sais plus rien ; il court beaucoup de versions sur sa mort, dont aucune n'a été confirmée. Comme ce n'est pas la première fois que cela arrive, ses amis continuent à enquêter sur son sort. Alejandro Obregón vit à Carthagène, dans sa maison de pirate à la retraite qui sent la peinture et le dissolvant, dont la terrasse permet de contempler une mer de légende sur laquelle on s'attend encore à voir surgir les galions. Moi, à Mexico, j'essaye de laisser quelques traces dans la mémoire de mes amis en m'obstinant à narrer les gestes et tribulations du Gabier. Je ne crois pas obtenir grand-chose par cette voie, mais il ne s'en présente plus aucune autre que je puisse emprunter.

Pourtant, une rumeur circule depuis longtemps, que je n'ai pas voulu approfondir de peur peut-être de me trouver, au bout du compte, face à l'une de ces surprises auxquelles Maqroll nous a habitués et qui débouchent sur le néant. Mais voici que subitement, en racontant ces rencontres du Gabier et d'Obregón, une histoire oubliée s'est mise à me travailler l'esprit : j'ai cherché cet écrit d'un autre ami intime qui complète notre quatuor, je veux parler de Gabriel García Márquez, dont je reprends le passage concernant l'histoire en question. D'après celle-ci, ce serait Obregón qui aurait découvert dans les marais le cadavre du Gabier, après que celui-ci s'y fut perdu en compagnie de Flor Estévez et que, semble-t-il, ils y fussent morts de soif et de faim en cherchant la sortie du delta [1]. Voyons donc ce que relatait Gabo : « Il y a de cela bien des années, un ami demanda à Alejandro Obregón de l'aider à rechercher le corps du pilote de son canot qui s'était noyé à la nuit tombante alors qu'ils pêchaient des aloses de vingt livres dans le Grand Marais. Toute la nuit ils sillonnèrent cet immense paradis d'eaux mortes, explorant les recoins les plus perdus avec des lampes de

---

1. Voir « Dans le delta », dans *Les Éléments du désastre*, poèmes, éd. Grasset.

chasseurs, suivant la dérive des objets flottants dont on sait qu'ils mènent aux trous où dorment les noyés. Tout à coup, Obregón le vit : il était immergé jusqu'au sommet du crâne, comme assis dans l'eau, et seules flottaient à la surface les herbes errantes de sa chevelure. "On aurait cru une méduse", me dit Obregón. Il empoigna à pleines mains le paquet de cheveux et, de toute sa force colossale de peintre de taureaux et de tempêtes, il sortit le noyé entier, les yeux ouverts, énorme, dégoulinant d'une fange d'anémones de mer et de raies géantes pour le jeter comme une alose morte dans le fond du canot... » Il y avait, dans la prose enchanteresse et précise de Gabriel, quelque chose qui s'était glissé et qui tentait de monter à la surface, au milieu de détails qui ne coïncidaient en rien avec la prétendue disparition dans les marigots du Grand Marais : la pêche à l'alose, le fait que le mort ne fût pas également le propriétaire du bateau, et la mention d'un canot, mot qui peut effectivement s'appliquer à l'embarcation à fond plat à bord de laquelle s'est perdu Maqroll, mais qui n'est pas le terme exact, ce qui, chez Gabo, est inconcevable. Tous ces éléments venaient perturber et, mieux encore, infirmer cette conclusion qui n'avait pourtant rien d'insensé, à savoir que le noyé était Maqroll. Mais de mon côté, dans un poème en prose, je mentionne une vedette de surveillance qui découvre la barge portant les deux cadavres, vedette dont il était fait état dans la version qui m'était parvenue de la mort du Gabier. Comme Gabo se targue, et à juste titre, de ne pas être seulement l'écrivain que nous savons mais aussi un excellent journaliste, on peut penser que les faits auxquels il se réfère ont été, en leur temps, dûment vérifiés par ses soins. Naturellement, la première chose que j'ai faite a été de questionner Obregón en lui confiant mes doutes. Il s'est borné à sourire, mi-amusé, mi-absent, et il a changé de sujet. Je crains que, loin de nous savoir gré des histoires que nous propageons sur son compte, il ne ressente celles-ci comme une distorsion abusive de sa vie privée.

Voilà où nous en sommes et, comme toujours lorsqu'il s'agit du Gabier, la vérité nous glisse des mains *comme un poisson qui s'échappe*. Mais personne ne m'ôtera de l'idée que si le cadavre arraché au marigot par Obregón est bien celui de Maqroll, son compagnon et complice de Carthagène, Curaçao, Kuala Lumpur et Vancouver, l'histoire est bouclée avec une harmonie et une précision qui ne sont pas habituelles dans les affaires ordinaires des hommes. Connaissant les deux personnages comme je les connais, cette fin s'ajuste de si belle façon à leurs caractères et au tracé convergent de leurs jours sur cette terre que je me dois de la mentionner ici, sans pour autant la donner pour certaine, mais sans non plus la nier formellement. Les artistes et les aventuriers savent dessiner leur fin longtemps à l'avance de telle sorte qu'elle ne puisse jamais être clairement déchiffrée par les hommes. Tel est leur privilège, depuis Orphée le thaumaturge et l'ingénieux Ulysse ou Odusseus.

Jamil

> *Sinon l'enfance, qu'y avait-il*
> *alors qu'il n'y a plus ?*
>
> Saint-John Perse

Il y a dans la vie de Maqroll un épisode qui n'a rien de commun, ou presque, avec ceux dont je me suis fait le narrateur au cours de ces dernières années : il signifie cependant un changement essentiel dans le désordre de ses aventures et l'a conduit, pour l'ultime étape de sa vie, à se résigner presque sereinement au sort contraire, en lui faisant pratiquer plus profondément que jamais la soumission sans réserve aux secrets insondables de l'inconnu qu'il avait toujours professée. Non que sa vie, après cette expérience, ait cessé d'être semée d'heurs et de malheurs, de péripéties de toute nature et de toutes origines, mais le fait est que Maqroll ne les a plus affrontés dans cet esprit de défi tenace, obstiné et jamais récompensé qui avait toujours caractérisé, auparavant, son errance par le monde.

L'événement en lui-même paraîtra plus que normal au lecteur, voire tout à fait banal, dans la routine quotidienne de n'importe lequel d'entre nous. Mais connaissant le passé de notre personnage, il comprendra tout de suite comment ce qui serait pour d'autres un épisode sans importance a pu constituer pour Maqroll une expérience absolument inconnue, une surprise totale, en lui révélant un recoin obscur et jusque-là vierge de sa vie sentimentale.

Je pouvais, en ma qualité de narrateur omniscient et omniprésent, relater l'histoire directement. Mais j'ai préféré tenter de transcrire les paroles exactes par lesquelles Maqroll nous a raconté son expérience. Notées tout de suite après les avoir entendues, elles recèlent la douleur sourde, mais aussi les moments intenses de bonheur sans ombre qu'il a vécus lors de cette crise. Mais je dirai d'abord dans quelles circonstances j'ai pris connaissance de cette histoire.

J'aime visiter Carthagène des Indes chaque fois que le hasard m'en offre l'occasion. Je garde de cette ville un souvenir chargé de nostalgie car les moments que j'y ai vécus ont marqué le reste de mes jours de façon indélébile : aussi ne puis-je me lasser de parcourir le labyrinthe halluciné de ses ruelles et de m'émerveiller, du haut de ses remparts d'une noblesse austère et toute militaire, de la lente danse de la mer antillaise. A l'époque où mon ami très cher, le peintre Alejandro Obregón, était encore des nôtres, j'allais toujours le voir dans sa maison de la rue de la Factoría : là, nous entreprenions, avec le secours d'une bouteille de scotch qu'il gardait pour ses amis, un long pèlerinage dans notre passé commun et dans nos souvenirs d'enfance, belges pour moi, allemands pour lui.

C'est ainsi qu'un jour, lors d'une de mes visites à la Ville Héroïque, je frappai à la porte de la maison d'Alejandro au moment où se déchaînait une de ces averses interminables et accablantes qui submergent la ville pendant le mois d'octobre. Alejandro en personne vint m'ouvrir, avec le sourire de l'enfant qui reçoit un cadeau inattendu.

— Ça alors ! Quelle joie de te voir. Voilà le prétexte que je cherchais pour ne pas peindre et boire un coup : on va fêter cette bonne surprise.

Nous allâmes dans l'atelier et nous installâmes dans les larges fauteuils de cuir que je connaissais bien, couverts de taches de peinture de toutes les couleurs imaginables qui dénonçaient la lutte du peintre avec la matière de ses tableaux. Des toiles encore fraîches étaient accrochées aux murs. Une magie onirique s'échappait de ces anges aux corps de jeunes filles, adolescentes éblouissantes surgissant de l'ombre mauve dans une gamme de verts qui allaient du plus tendre – celui des pousses d'herbe naissantes – au plus sombre – celui de la jungle impénétrable : tout cela au milieu d'une explosion de bleus intenses et de rouges virant à l'orange lumineux. Ce nouveau monde d'Obregón, cette nouvelle époque de sa peinture, se rapprochait d'une façon extraordinaire de ce que j'écrivais à l'époque. Je lui manifestai mon enthousiasme, et une petite lueur dans ses yeux bleus m'indiqua le plaisir que lui procuraient mes paroles :

— Je savais que ça te plairait. Ces anges féminins m'apparaissent en rêve, et je les peins pour les empêcher de s'enfuir. Il faut éterniser nos rêves, si nous voulons qu'ils nous accompagnent dans l'autre vie.

J'étais habitué à ces déclarations emphatiques de mon ami : mieux valait ne pas s'y attarder, si l'on ne voulait pas le voir se perdre dans des discours de plus en plus embrouillés.

La pluie nous servit d'alibi pour terminer la bouteille

de Dewar's qu'il avait laissée devant moi, sur la table encombrée de pinceaux et de tubes vides. Nous parlions, comme je l'ai dit, de notre jeunesse déjà lointaine et d'amis dont le souvenir nous permettait de faire ressurgir des zones de notre passé partagé. Soudain, au milieu d'un tourbillon d'évocations, il me demanda :

— Où iras-tu après ?

Je lui expliquai que j'avais l'intention de passer mes vacances en Espagne.

— Ça tombe bien, car j'ai une mission à te confier. Il s'agit de notre ami Maqroll. Je vais te montrer quelque chose qui t'inquiétera autant que moi.

Il se dirigea vers une autre table, couverte comme la première de pinceaux et de tubes, sur un coin de laquelle se trouvaient un buvard et un monceau de paperasses. Il en revint avec une enveloppe qu'il me tendit sans mot dire.

Les timbres étaient espagnols et les tampons de la poste indiquaient Pollensa, à Majorque. Elle contenait une lettre rédigée de cette écriture transylvanienne reconnaissable entre toutes qui indiquait immédiatement le Gabier. Ces quelques lignes étaient écrites sur un papier à lettres qui avait pour en-tête : « Paroisse de Sant Jaume. Monseigneur Ferrán Alaró, Recteur. » Voici ce qu'elle disait :

Alex

J'abuse de l'hospitalité de mon bon ami le curé pour vous écrire ces lignes, que je vous envoie comme la légendaire bouteille à la mer. Cette fois, la vie a réussi à me frapper au cœur. Ce sont des choses qu'on ne peut pas dire par écrit. Je suis passablement découragé et perdu

Aucun des chemins qui jadis s'offraient à mon inquiétude ne m'attire aujourd'hui. Si vous pouviez venir dans les parages, ce que je devine assez improbable, cela me réconforterait à coup sûr de vous conter de quoi il s'agit et de jouir de votre compagnie. La même chose vaut pour notre ami commun qui s'obstine à relater mes aventures et à laisser un témoignage de mes infortunes. Je sais qu'il passe souvent par l'Espagne, porté par sa passion pour l'al-Andalus, les califats omeyyades et le royaume de Majorque dont il ne cesse de nous rebattre les oreilles. Si vous le voyez, montrez-lui ce mot. C'est tout, mon cher peintre d'anges pubères et perturbateurs. Je ne connais que vous deux pour être capables de comprendre ce qu'il peut se cacher derrière ces lignes.

Je vous serre cordialement la main, votre ami

Maqroll le Gabier

Connaissant le personnage comme je le connaissais, il était évident que la lettre dissimulait mal un appel au secours. Maqroll n'avait pas l'habitude de se plaindre. Tout au plus se bornait-il, de temps à autre, à lancer deux ou trois malédictions en turc ou en français, après quoi il recouvrait un calme relatif. Mais aujourd'hui il était clair que les choses étaient différentes.

Bien que Majorque ne figurât pas dans mes projets de vacances espagnoles, je décidai d'aller voir mon ami à Pollensa et l'annonçai à Alejandro. Il s'en montra heureux :

— Tant mieux. Me voici rassuré. Je sais qu'après une bonne conversation, tout ira mieux. Personne n'est mieux indiqué que toi. J'en parle d'expérience, moi qui te raconte mes frasques depuis tant d'années.

Une légère rougeur teintait le visage tanné d'Obregón. En fait, il était fort pudique et, à dire vrai, je ne me souvenais pas qu'il m'eût jamais fait écouter des confessions de cet ordre. En tout cas, pas ouvertement. Certes, j'avais compris depuis longtemps que beaucoup de ses digressions hermétiques et tarabiscotées devaient cacher des épisodes sentimentaux. Peut-être l'affectueuse patience avec laquelle je les écoutais lui procurait-elle, par des canaux occultes, un certain apaisement. La véritable amitié est fondée sur ce genre de vases communicants secrets mais efficaces.

La pluie avait fini par s'arrêter et nous nous séparâmes, selon notre habitude, sur une accolade puissante et muette, comme si nous ne devions jamais nous revoir. La dernière de ces accolades, toute récente encore, me reste en mémoire avec une tristesse qui ne s'apaisera pas.

Nous débarquâmes à Majorque, ma femme et moi, en plein automne, mais la foule des touristes promenait encore dans les rues de Palma ses rotondités germaniques qu'elle dénudait sur toutes les plages susceptibles d'être envahies, au grand dam du paisible paysage de l'île. De Barcelone, Carmen avait pu téléphoner à Mossèn Ferrán, et celui-ci nous attendait à l'aéroport. Corpulent et la mise négligée, la soixantaine passée, il nous souhaita la bienvenue avec une politesse un peu paysanne et s'adressa à mon épouse en catalan, en faisant des efforts pour ne pas y mettre trop de majorquin. Dès lors, la conversation suivit cette règle : ils parlaient dans cette langue et moi en espagnol, sans difficultés pour les comprendre, puisque je suis marié à une Catalane depuis plus d'un quart de siècle. Le visage expressif du curé m'impressionnait, ses sourcils épais et noirs, ses lèvres minces où se lisait toujours le sourire spontané et un peu ironique de l'homme qui a suffisamment vécu pour n'accorder d'importance qu'à l'essentiel et laisser de côté le reste, avec ce qu'il faut d'indulgence pour les misères de nos semblables. Les yeux noirs toujours attentifs, le regard qui fixait l'interlocuteur dénonçaient clairement le passé sarrasin des natifs de l'île. La voix chaleureuse et profonde donnait une emphase un peu théâtrale à tout ce que disait le sympathique ecclésiastique. Il empoigna la valise de ma femme et, tandis que nous nous dirigions vers un taxi qui nous attendait pour nous mener à Pollensa, il expliqua, tout joyeux :

— Notre ami vous attend et se réjouit de votre visite. Il m'a demandé de l'excuser de ne pas être venu vous accueillir, mais son aversion pour les aéroports n'a fait que croître ici, avec le tourisme qui nous envahit.

Le taxi était une voiture vétuste et j'eus des doutes sur nos chances d'arriver à Pollensa. Mossèn Ferrán qui les avait lus sur ma figure s'empressa de me rassurer :

— Ne vous inquiétez pas. Tel que vous le voyez, ce taxi fait le tour de l'île toutes les semaines et n'est jamais tombé en panne. Le responsable de ce miracle est son chauffeur, un mien cousin qui a toujours préféré les Seat aux voitures italiennes. Dieu seul sait comment il se débrouille. Ce qui compte, c'est que Roger s'en trouve bien et moi aussi, qui suis le propriétaire de cette antiquité.

Le jeune chauffeur, qui mettait pendant ce temps nos bagages dans le coffre, nous salua d'un sourire amusé et d'un hochement de tête aussi familier que désinvolte. Il avait les sourcils et le teint olivâtre de son oncle, mais sa chevelure très noire et frisée accusait davantage le passage des armées des califes dans l'île. Il parlait également d'une voix de basse, moins grave que celle de son parent, mais son accent était encore plus rocailleux.

Nous nous installâmes, Mossèn Ferrán à côté de son

neveu et nous à l'arrière. Nous restâmes silencieux pendant la traversée de la ville encombrée de touristes qui rendaient la circulation difficile. En arrivant dans la campagne, la luminosité de la nuit majorquine me frappa, comme toujours, de plein fouet : elle me procure une sensation intérieure dont je rêve souvent mais que j'atteins rarement. Cette lointaine phosphorescence de mondes innombrables qui traversent paisiblement la nuit méditerranéenne me fait revenir au temps d'Homère.

Je tentai d'amener le curé à parler du Gabier : je voulais connaître son sentiment sur la mélancolie que reflétait la lettre dont je lui avais appris l'existence. Il me répondit d'un ton cordial mais péremptoire :

— Je préfère que vous vous rendiez compte par vous-même. Comme je l'ai dit à votre femme au téléphone, la santé du Gabier n'est pas en cause, et encore moins une quelconque difficulté d'ordre économique. Vous le savez mieux que moi, notre homme n'a jamais eu un centime en poche, et le peu qu'il reçoit pour garder ces chantiers abandonnés ainsi que le matériel entreposé, rongé par la rouille et le sel, lui suffit pour vivre dans une austérité dont je soupçonne qu'elle l'a accompagné toute sa vie. C'est au plus profond de son âme que s'est produit un changement, même s'il continue d'accepter les décrets capricieux du destin et de ne pas renier son errance perpétuelle. Pour l'instant il est ici et semble décidé à y rester pour un temps dont il n'a pas fixé le terme, mais dans les longues conversations que nous avons plusieurs fois par semaine, il ne perd jamais une occasion d'évoquer, avec une fébrilité évidente, des ports lointains ou d'illusoires entreprises dans les confins les plus perdus du monde. Il n'y a pas de femme là-dessous. – *Ici, le curé adressa un sourire complice à mon épouse* : Je ne veux pas vous en dire davantage ; je souhaite laisser à Maqroll lui-même le soin de vous raconter l'épreuve par laquelle il est passé et le sentiment d'inutilité et de défaite qu'elle a imprimé dans son esprit, chose qui, me semble-t-il, ne lui était jamais arrivée.

Nous passâmes à d'autres sujets. Je questionnai ce prêtre érudit sur sa bibliothèque consacrée à l'histoire du royaume de Majorque. Il ne chercha pas à dissimuler son plaisir en m'expliquant que, de toutes les bibliothèques particulières, la sienne était la plus complète ; puis il entreprit de m'exposer sa curieuse théorie : selon lui, toute l'histoire de l'Orient chrétien avait ses origines à Majorque ou, du moins, était passée par cette île dans les moments les plus critiques. « C'est à Majorque que se sont produits certains événements clés qui ont modelé l'Europe moderne. » Présentée ainsi, la démonstration risquait d'offrir divers points faibles ou épineux, et je fus tenté d'en discuter quelques-uns. Mais le curé de Sant Jaume préféra passer à l'évocation de mes récits qui ont le Gabier pour personnage central, et de mes poèmes où Maqroll parle de sa vie vagabonde. A son humble avis, m'expliqua-t-il, j'avais encore beaucoup à faire pour mettre en pleine lumière le caractère de notre ami commun ; et il me reprocha, non sans précautions, de passer trop rapidement sur les idées de Maqroll relatives à des épisodes de l'histoire dont le curé était certain de bien mieux les connaître que je ne le laissais entendre dans mes livres. J'essayai à mon tour de lui faire comprendre que j'avais toujours voulu, sur ce point, éviter des développements historiques qui auraient déformé l'esprit de mes récits et plus encore de mes poèmes. Il n'insista pas : pour lui, dit-il seulement, j'avais manqué une occasion de percer à jour un aspect de la personnalité du Gabier que celui-ci dérobe toujours à la curiosité des gens.

— Le Gabier est un anarchiste-né qui s'ignore ou prétend s'ignorer. Sa vision du passage de l'homme sur la terre est encore plus ascétique et plus amère que celle qu'il laisse transparaître dans ses relations quotidiennes. L'autre jour, je l'ai entendu dire quelque chose qui m'a laissé sans voix : « La disparition de cette espèce sera un réel soulagement pour l'univers. Après son extinction, un oubli total tombera très vite sur sa néfaste histoire. Il existe des insectes qui sont en mesure de laisser de leur passage des traces moins périssables et moins fatales que celles de l'homme. » J'ai essayé, bien sûr, de lui opposer des arguments tirés de la théologie et de l'histoire : il s'est borné à me répondre avec son assurance coutumière, comme s'il était toujours sur la passerelle de commandement, et qui est sa manière de couper net toute discussion : « Mon cher Mossèn Ferrán, vous vous cuirassez dans une foi et une tradition religieuse qui vous protègent efficacement du doute. J'ai été comme vous dans ma jeunesse, mais ma cuirasse s'est défaite comme une vieille pelure. Quand on est là-haut, au faîte du grand mât, au poste de vigie du gabier, et qu'on interroge l'horizon, tous les mystères s'évanouissent dans le vol des mouettes et des oiseaux migrateurs, dans le claquement de la voile sous le vent. Rien ne résiste alors, croyez-moi, de ce que nous portons en nous. » Vous comprendrez, ajouta le prêtre, que dans ces conditions il ne m'a guère laissé d'occasions de poursuivre dans cette voie. En tout cas, je trouve admirable qu'au milieu de tant de naufrages sentimentaux et autres, il ait réussi à conserver cette bonté rude et sans attendrissements inutiles. C'est là l'une des nombreuses énigmes de notre ami.

Décidément, Mossèn Ferrán connaissait bien Maqroll et j'imaginais, non sans un léger sentiment d'envie, les conversations animées et interminables au cours desquelles avait dû se forger cette amitié fondée sur un intérêt commun pour les questions historiques et aussi pour les anecdotes simples, mais toujours inquiétantes et révélatrices, de l'existence quotidienne des hommes.

Les propos du prêtre furent suivis d'un long silence. Bercé par les oscillations régulières de la voiture, Mossèn Ferrán se laissait gagner par le sommeil. Une demi-heure plus tard, nous étions à Pollensa.

Les lumières de la ville se reflétaient dans l'eau sereine de la baie. Les yachts amarrés aux pannes du Club nautique se balançaient paresseusement, et leurs filins émettaient de faibles gémissements, comme des rêveurs dans leur sommeil.

Nous entrâmes dans un hôtel modeste où Mossèn Ferrán avait réservé une chambre avec vue sur la plage. La patronne, doña Mercé, sa cousine éloignée, était une femme aimable et taciturne, toujours vêtue de noir à cause de son veuvage qu'elle portait comme une distinction spéciale qui renforçait sa prestance. Elle nous avait préparé un dîner, et nous accueillîmes cette nouvelle avec enthousiasme, car le voyage avait excité notre appétit. Pendant qu'elle s'affairait aux derniers préparatifs, je décidai d'aller saluer Maqroll. Le neveu du curé me conduisit aux chantiers abandonnés dont le Gabier assurait le gardiennage.

Une obscurité totale régnait dans les constructions à demi en ruine. La cale sèche dressait vers le ciel ses moignons de ciment, et la charpente en bois s'était écroulée sous l'effet des intempéries. Un hangar couvert de tôles noircies par la rouille avait dû jadis abriter les bureaux. Le chauffeur donna un léger coup de klaxon. A une fenêtre du second étage, où des cartons remplaçaient les vitres depuis longtemps cassées, le faisceau d'une lampe de poche s'alluma pour nous éclairer.

— J'arrive, dit la voix du Gabier, reconnaissable entre

mille, avec son accent méditerranéen syncopé mais aussi son articulation impeccable.

Malgré ou peut-être à cause de cela, on le croyait souvent originaire du midi de la France. Par les interstices des plaques de tôle, nous vîmes la lumière descendre un escalier qui grinçait d'une façon alarmante. Maqroll alluma l'ampoule protégée par un épais grillage, au-dessus de la porte d'entrée. Brutale et crue, sa clarté inonda d'un coup le visage du Gabier.

Les traits que je découvrais ainsi étaient certes marqués par les ans, mais plus encore par les fièvres qui avaient si souvent accablé Maqroll sans pitié. Je ne pus cacher l'impression qu'ils me causaient. Il eut un sourire sans conviction, comme pour ne pas accorder d'importance à ma réaction. Il remercia le chauffeur de m'avoir amené et m'invita à entrer dans sa bâtisse croulante. Le chauffeur me dit qu'il préférait attendre : il avait reçu des instructions de Mossèn Ferrán et le dîner serait prêt dans une demi-heure. Le Gabier haussa les épaules en signe d'assentiment, et nous gravîmes l'escalier qui menaçait de s'écrouler à chaque marche. Arrivés au premier étage, nous entrâmes dans ce qui avait dû être le bureau et servait de logis au gardien.

Sur un large canapé en cuir, Maqroll avait installé son lit, c'est-à-dire deux couvertures râpées et un oreiller couvert de taches d'origine incertaine. Il posa la lanterne sur une table branlante et alluma une lampe à essence suspendue à un crochet au milieu de la pièce. Sur le squelette d'un secrétaire étaient disposés des tasses, deux verres et des boîtes en fer-blanc qui devaient contenir du café moulu, du sucre et autres denrées. Le tout entourait un réchaud à alcool. Aux murs étaient accrochés des plans de bateaux de types et de gabarits les plus divers, des grands cargos à deux cheminées aux clippers à trois mâts.

Il y avait aussi des plans de moteurs Diesel, des profils de coques et de charpentes, le tout si détérioré que l'on avait l'impression d'un écroulement imminent. Mais cette atmosphère s'accordait parfaitement avec la vie et les habitudes de Maqroll et, connaissant les antres où il avait passé de longues années de sa vie, j'imaginais sans peine qu'il devait la trouver accueillante. Je l'avais vu dans des tanières de misère au plus profond de l'Amazonie ou du Chaco, dans des galetas ignobles d'Amsterdam et de Vancouver, dans des bouges infects des quartiers sordides et lacustres de Guayaquil ou de Buenaventura. En comparaison, les chantiers de Pollensa m'apparaissaient comme un refuge confortable, en compagnie de ses livres préférés qui lui parlaient de vies illustres et de guerres oubliées.

Il libéra un fauteuil qui boitait à cause de l'absence de roulette à l'un de ses pieds, en enlevant un amas de revues de matériel nautique qui devaient y dormir depuis des années, et m'invita à m'y asseoir. Le connaissant comme je le connaissais, je savais qu'il était préférable de ne pas aborder de but en blanc le motif de notre visite. Nous parlâmes d'Alejandro Obregón et je fis allusion à la lettre. Il ne broncha pas et me demanda ce qu'Alex peignait maintenant. Nous passâmes en revue les différentes époques du peintre, en commentant son abandon des poissons en tous genres et des condors pour le monde paradisiaque des anges aux formes féminines.

— Un jour, dit Maqroll, il abandonnera à leur tour ces créatures troublantes. Savez-vous quel est son problème ? Il est très simple mais sans solution : Alex rêve de peindre la vie – non la banale routine quotidienne des hommes, mais la vie, la vraie, celle qui ne trouve de réponse que dans le silence souverain de la mort. Il n'y arrivera jamais, mais comment un homme tel que lui pourrait-il accepter semblable défaite ? Il y laissera sa peau, mais il ne cédera pas. Vous le savez comme moi, la vie nous prend à la gorge comme un fauve aveugle. Elle boit le temps, avale nos années, passe comme un typhon et ne nous laisse rien. Pas même la mémoire, car la mémoire est faite de la même substance impalpable et fugace dont sont faits les mirages. Et qui peut peindre cela?

La voix se brisait légèrement au milieu de chaque phrase. Je sentis que le moment était venu d'entrer dans le vif du sujet.

— Cela faisait trop longtemps que nous ne nous étions pas vus, et je me suis dit que ces vacances en Espagne seraient une bonne occasion de parler avec vous de certaines questions qui sont restées en suspens depuis notre dernière rencontre. Et puis je dois vous l'avouer, ce que vous avez écrit à Obregón sur l'état de votre moral m'inquiétait un peu. Voilà pourquoi nous sommes ici. Nous disposons de tout notre temps. Vous connaissez mon faible pour Majorque et les vieilles racines qui m'unissent à cette terre. Et, pour tout vous dire, Mossèn Ferrán, qui me semble être un homme de qualité et vous avoir en grande estime, ne nous a fait aucune confidence. J'ai l'impression qu'il préfère que vous me racontiez vous-même ce qui s'est passé. Je n'arrive pas à imaginer ce que cela peut être. Et pourtant, je me croyais désormais, avec vous, à l'abri des surprises.

— Moi aussi, répondit le Gabier, les yeux perdus dans un lointain imprécis, et je me trompais lamentablement. On dirait qu'à l'approche de la mort nous attendent encore des surprises que nous n'aurions jamais imaginées. Mais où est donc votre femme? Elle ne vous a pas accompagné à Pollensa?

La question lancée ainsi brusquement, comme s'il se réveillait d'un mauvais rêve, signifiait qu'il n'allait rien me confier ce soir de ce qui lui était arrivé. Pour une raison qui m'échappait encore, il avait besoin qu'une femme soit présente. Il a lui-même confirmé mon intuition.

— Pour vous raconter cette histoire, je préférerais que votre épouse soit là. Seules les femmes savent déchiffrer ce qu'il y a au fond d'une âme d'enfant. C'est de cela qu'il s'agit aujourd'hui, et les hommes, en cette matière comme en tant d'autres, ne comprennent rien aux sentiments : nous sommes d'une lourdeur de charretiers. Demain, nous demanderons à doña Mercé, qui est aussi mon amie, de nous préparer à l'hôtel une bonne soupe majorquine et un de ces poissons dont elle sait tirer parti avec un véritable génie. Sur la terrasse, face à la mer, nous parlerons autant qu'il le faudra. Je viendrai. Inutile de m'envoyer le taxi de Mossèn Ferrán. Je fais souvent le trajet à pied, en longeant la baie. Toute ma vie, la mer a été pour moi une conseillère infaillible. Vous le savez mieux que personne.

Cette allusion à l'âme enfantine et à la faculté qu'ont les femmes de la sonder m'intriguait. J'avais beau me creuser la cervelle, je n'arrivais pas à deviner dans quel labyrinthe s'était égaré notre ami. La seule chose évidente, c'était qu'il traversait une épreuve jusqu'à présent inconnue de lui. Cela se voyait à son regard vague et à une sorte de sourd désespoir qu'il voulait cacher à tout prix. Ses yeux de derviche au repos s'étaient enfoncés dans leurs orbites comme s'ils voulaient s'éteindre. Son front était parcouru d'ombres qui ne se fixaient pas dans une expression précise, et ses lèvres tentaient de se serrer avec force comme pour repousser une peine imméritée et confuse.

Nous échangeâmes encore quelques généralités sans importance, puis il me raccompagna à la voiture. Là, il prononça ces mots qui me rendaient le Maqroll de toujours :

— Je savais que vous viendriez. Vous ne pouviez rester

ainsi, sans une nouvelle histoire. Mais celle-là va vous emmener dans des régions que vous ne pouviez imaginer. Merci mille fois d'avoir répondu à mon appel. Saluez très affectueusement votre femme de ma part.

Il ferma la portière d'un geste las avant de disparaître dans la bâtisse en ruine. J'attendis que la lumière de la fenêtre s'éteigne pour repartir, moins inquiet et moins intrigué.

Plus tard dans la soirée, quand je rapportai à ma femme ma conversation avec le Gabier, celle-ci se contenta d'émettre un pronostic sibyllin, qui devait se confirmer avec l'exactitude à laquelle je suis accoutumé depuis des années :

— Il a déjà passé le pire. Maintenant, il cherche la manière de retrouver son chemin habituel. Je pense qu'il a dû subir une de ces épreuves auxquelles les hommes ne sont pas préparés, car ils n'ont pas les ressources dont disposent les femmes.

Le lendemain, Maqroll arriva à l'hôtel vers une heure de l'après-midi. Doña Mercé lui fit un accueil affectueux avant d'écouter ses instructions pour un repas exceptionnel, comme elle seule était capable d'en préparer. Nous les entendions de notre chambre, et nous pouvions constater l'aisance avec laquelle Maqroll maniait le majorquin. Nous descendîmes sur la terrasse, et le trouvâmes installé à une table écartée. Il buvait à petits coups un vin blanc servi dans une carafe en céramique de l'île ornée de motifs d'un jaune intense. La lumière du jour mettait mieux en relief les traces de désarroi sur son visage marqué par tous les climats, fouetté par les tempêtes sur toutes les mers qui l'avaient vu naviguer depuis sa plus tendre jeunesse. Sa voix avait toujours ces brusques fêlures que j'avais tout de suite reconnues comme le signe d'un homme en perdition.

Il fit un léger baisemain à ma femme et nous invita à nous asseoir face à la baie qui, par chance, n'était pas encore envahie par la horde des touristes. Au fond, les pannes du yacht club étaient toujours encombrées de bateaux de toutes tailles et des plus diverses provenances.

— Ce vin, expliqua le Gabier, vient d'un petit vignoble, propriété de la famille de Mossèn Ferrán. Il est légèrement piquant et un peu âpre, mais on s'habitue vite à ce goût de terre ensoleillée qui lui donne une noblesse inattendue. Essayez-le sans crainte, je crois qu'il vaut certains blancs catalans que vous devez connaître depuis votre enfance.

Maqroll aimait faire allusion à la terre natale de ma femme. Cette fois, je compris qu'il voulait établir tout de suite avec elle une complicité qui lui était indispensable.

Les mérites du vin ne me parurent pas aussi évidents que l'avait annoncé notre ami, mais nous continuâmes d'en boire dans l'attente du repas, en l'accompagnant de savoureux anchois frits envoyés par la patronne pour nous donner un avant-goût des merveilles de sa cuisine.

Nous parlâmes de notre voyage et de notre projet de revisiter Cadix. Le Gabier se perdit à nouveau dans une longue dissertation sur la peinture d'Alejandro. Après quoi, il fit l'éloge des qualités extraordinaires de son compagnon dans des aventures pas toujours avouables. De toute évidence, il cherchait à gagner du temps, en attendant que la conversation prenne un ton de familiarité plus propice au récit qu'il voulait nous faire. Au début, son anxiété était visible, comme l'était son désir de se ménager l'attention et la sympathie de mon épouse. Doña Mercé en personne nous apporta la soupe majorquine dans des pots de terre fumants. Tout en officiant, elle ne quittait pas Maqroll des yeux. On voyait qu'elle tenait à savoir comment il allait se comporter face à des gens qui ne savaient rien de sa récente épreuve.

Mossèn Ferrán arriva au dessert. Le prêtre chanta les louanges de la crème brûlée de doña Mercé et s'assit à côté du Gabier. C'était, semblait-il, le signal que nous attendions tous. Une brise légère courut sur la baie. Le Gabier passa ses mains dans son épaisse chevelure grise, comme un homme qui s'apprête à affronter une difficulté redoutable mais inévitable. Après avoir prié doña Mercé d'apporter une autre carafe et commandé des cafés pour tout le monde, il commença son récit.

— Il y a de cela plus d'un an, j'ai reçu une lettre postée à Port-Vendres. Avant même de l'ouvrir, le lieu d'expédition suffit pour me causer un malaise facile à expliquer. Bien des années auparavant, j'avais échoué, pour mon malheur, dans ce port. J'étais alors marin surnuméraire sur un cargo qui naviguait sous pavillon turc. J'avais embarqué à Salonique sous une fausse identité qui faisait de moi un citoyen belge. Le capitaine n'avait d'abord pas prêté attention à mes papiers, mais le second, en les examinant de plus près, s'était rendu compte de la supercherie et m'avait enjoint de quitter le navire au premier port. J'avais réussi à le convaincre de ne pas me débarquer à Tripoli, qui était la prochaine escale. Je n'y serais pas resté vivant plus de quelques heures. C'est une très longue histoire que je vous raconterai un autre jour, si vous jugez qu'elle en vaut la peine. Après quoi nous étions passés par Gênes, mais les autorités du port n'avaient pas voulu de moi. La police y conservait les traces de certains antécédents que je croyais prescrits. Vous savez que ma vie n'a pas été facile, et vous connaissez ma fâcheuse tendance à interpréter les lois à ma façon. Bref, l'escale suivante était Port-Vendres. Là, le bateau devait embarquer un groupe d'émigrants français qui partaient tenter leur chance en Tunisie. Ces années-là, Port-Vendres était encore, comme depuis le début du siècle, le point de départ de la vague d'émigrants qui voulaient aller chercher fortune sur des terres moins frappées par les guerres et les crises économiques que leur pays natal, et pas trop distantes de lui cependant. Les autorités acceptèrent que je débarque moyennant la promesse de repartir pour Alger dans le délai impératif de dix jours. Je signai un papier par lequel je m'y engageais sous serment.

» A l'époque, Port-Vendres n'avait pas cet air de modeste station balnéaire qu'il s'efforce d'avoir aujourd'hui. C'était une bourgade délabrée, dont toute la vie se concentrait autour du passage des émigrants en partance pour l'Afrique du Nord. On eût dit que l'endroit appartenait tout entier à la Compagnie de navigation Paquet, qui monopolisait pratiquement le transit de cette foule anonyme dont la misère et l'angoisse, dans l'attente du départ, conféraient au port un caractère de désastre permanent et dramatique. Il fallait être fou comme je l'étais pour penser pouvoir me libérer de ma promesse en trouvant un travail quelconque dans un endroit que chacun ne pensait qu'à quitter sans se soucier de ce qu'il laissait derrière lui. Tous les commerces étaient au bord de la faillite, ou en vente à des conditions désespérées. Vous savez que je suis passé par des épreuves de maladie et de faim atroces, et que je les ai subies pour la plupart sous des climats aussi attrayants que ceux de l'Alaska, de la Terre de Feu, des hauts plateaux de la Cordillère ou des bayous de la Louisiane, pour ne mentionner que quelques-uns des enfers – il faut bien employer ce mot – où le sort m'a conduit. J'imagine que vous aurez du mal à me croire si je vous dis que c'est à Port-Vendres que je me suis senti le plus au bout du rouleau. Quand les quelques francs que m'avaient laissés les Turcs furent épuisés, j'essayai d'embarquer pour Tunis ou l'Algérie comme je m'y étais engagé. Mais, par une de ces absurdités démoniaques de la bureaucratie française qui me font toujours penser au redoutable Colbert que Mme de Sévigné surnommait "le Nord" et à son empire administratif qui continue à sévir dans ce pays avec une ténacité inimaginable, je découvris que je ne pouvais pas aller en Afrique du Nord parce que, n'étant pas citoyen français, je me trouvais dans l'impossibilité de présenter je ne sais quelles autorisations signées par le gouvernement colonial, dont l'hystérie bureaucratique, soit dit en passant, confinait à la démence. Jamais je n'oublierai le fonctionnaire minable, piqué de petite vérole, qui ressemblait à un rat anémique et qui m'a assené, en me soufflant au visage son haleine fétide : "Vous n'irez jamais là-bas. Quand vous aurez accompli toutes les formalités, vous aurez encore besoin d'un tampon que je suis seul à détenir. Je ne le mettrai jamais, car nous ne voulons pas des gens de votre sorte. C'est nous, les Français, qui avons fait la guerre, et c'est nous qui avons droit à cette terre. Ceux qui, comme vous, ne sont de nulle part n'ont qu'à y retourner, c'est le seul endroit où ils méritent de vivre." Il a refermé son guichet avec une rage qui m'a rappelé la guillotine et les tricoteuses de la terreur jacobine.

» Je travaillai pendant quelques jours comme garçon de café. Quand le café ferma, je trouvai à m'employer dans un atelier de mécanique qui réparait les grues de la Compagnie Paquet. J'étais remplaçant dans l'équipe de nuit. La semaine ne s'était pas écoulée que le syndicat avait obtenu mon renvoi. J'essayai d'autres moyens de gagner ma vie, je ne me souviens plus très bien desquels, jusqu'au jour où je me réveillai couché sur une marche de l'escalier qui mène à la place de l'Obélisque. La veille, je m'étais résigné à faire la manche de table en table dans les rares cafés du port encore ouverts, mais je n'avais pas réussi à réunir de quoi manger. Sans but précis, je me dirigeai vers les quais et rôdai parmi les installations destinées à l'accueil des émigrants en instance d'embarquement. Au bord de l'évanouissement, je m'adossai contre une grande fenêtre dont les vitres étaient peintes en blanc. Sur le coin inférieur, le badigeon avait été gratté pour laisser la place à une affichette qui annonçait que l'on cherchait un aide pour l'infirmerie d'urgence, située au bout de hangars tenant lieu de salle d'attente. Je me dirigeai vers un tuyau d'eau qui pendait d'une grue et tournai le robinet pour boire. L'estomac plein de liquide et mes nausées momentanément apaisées, j'entrai dans l'endroit indiqué par l'annonce.

» Je sonnai discrètement, et la porte me fut ouverte par une femme qui me rappela de nouveau les mégères de la guillotine. Elle n'avait plus une seule dent, ce qui n'aidait pas à comprendre ce qu'elle disait. Je finis par lui indiquer par signes l'affiche collée sur la fenêtre. La sorcière me fit entrer à regret, tout en marmonnant de vagues malédictions. Elle me laissa dans une pièce minuscule, affectée aux consultations. Derrière un paravent m'attendait celui qui devait rester désormais pour moi l'inoubliable maître Pascot, ainsi qu'il se faisait appeler par tout le monde. Je n'ai jamais rencontré personne qui fût capable de donner à ce point le change par son allure et ses traits. Grand et fort, ce rouquin plaquait en permanence un sourire de bienveillance sur son visage imberbe qui rayonnait jusqu'aux yeux d'un bleu pâle, dont la vivacité inattendue était un premier signal d'alarme pour qui l'observait avec soin. Le docteur Pascot avait usurpé tous les gestes et toutes les caractéristiques physiques de ce qu'on appelle, dans le monde médical français, un "grand patron". En réalité c'était un individu redoutablement rusé, capable d'exténuer le plus patient et le plus solide de ses subordonnés.

» Le travail en question, que j'acceptai immédiatement comme ma dernière planche de salut, consistait à nettoyer scrupuleusement l'infirmerie, financée par je ne sais quelle association de bienfaisance pour venir en aide aux émigrants qui avaient besoin de soins médicaux. La marée des familles en attente d'embarquement se poursuivait vingt-quatre heures sur vingt-quatre. Elles venaient de tous les coins de France mais, naturellement, la majorité était du Sud. La clientèle du dispensaire de maître Pascot était composée de femmes sur le point d'accoucher, d'hommes blessés au cours de rixes qui éclataient sans cesse dans les multiples queues stationnant en permanence devant les guichets, d'enfants atteints de coqueluche, de varicelle ou souffrant de déshydratation avancée, d'alcooliques en crise d'éthylisme aigu et de quelques malheureux malades incurables qui rêvaient de finir leurs jours dans le paradis mirifique de l'autre rive de la Méditerranée. La salle, me répéta le docteur Pascot sur un ton solennel et définitif, devait être maintenue dans un état de propreté et d'hygiène absolues. Les patients se succédaient jour et nuit. Je n'aurais pas de journée de repos, car j'étais seul pour faire ce travail de bête de somme. Je devrais prendre mes repas dans la salle, entre deux patients. Le salaire était bien entendu minable, mais il me suffisait pour me nourrir frugalement sur le pouce et acheter, de temps en temps, un ou deux vêtements usagés aux étals de fripiers qui pullulaient autour des quais. Je devais débuter sur-le-champ. J'expliquai à Pascot que je n'avais pas mangé depuis quarante-huit heures.

L'homme plongea une main dans la poche de sa blouse et me donna deux francs en me disant : "Allez au café qui se trouve derrière cette porte et revenez dans une demi-heure. Que ce soit la première et la dernière fois. Vous me rembourserez à la fin de la semaine, quand vous toucherez votre salaire. Je représente une institution de charité mais je ne suis pas cette institution. Ce sont deux choses radicalement distinctes. Vous m'avez bien compris ?"

» Je l'avais parfaitement compris et, les jours suivants, cela devint encore plus clair. Je vous épargne les détails de ce qu'a été ma vie à Port-Vendres pendant le temps où j'ai travaillé dans cette salle d'urgences, et sur les filouteries auxquelles j'ai vu se livrer le bon docteur Pascot pour dépouiller ses victimes. La première chose qu'il disait en accueillant ses malades était : "Mes services sont entièrement gratuits, mais les médicaments que je vous prescris sont à votre charge. Je vous les délivrerai moi-même pour qu'ils vous coûtent moins cher qu'en pharmacie."

» Plus d'une fois, j'ai vu un émigrant, fou de colère, tout près de tomber à bras raccourcis sur le sinistre tartufe ; mais il était arrêté par son sourire serein et par le gabarit impressionnant qu'on devinait sous sa blouse de médecin immaculée. D'autres s'en allaient en pleurant. De toute évidence, ils n'avaient pas d'argent pour acheter les médicaments prescrits par Pascot.

» Lorsque je lui demandai quand et où je pourrais dormir, il m'expliqua d'un air angélique : "Il y a un ou deux départs par jour. Ceux-ci prennent plusieurs heures. Pendant ce temps-là, je n'ai pas besoin de vous : vous pouvez aller vous reposer. Demandez M. Grancier au bureau des objets perdus. Dites-lui que vous venez de ma part, il vous indiquera un coin tranquille où vous dormirez à loisir."

» Grancier, parfaite réplique du patron, ne rendait pas ce service gratuitement. Il louait pour quelques heures un réduit sordide où lui-même dormait derrière un amoncellement de valises et de ballots. J'essayais de trouver le sommeil au milieu du tohu-bohu des voyageurs sur le point d'embarquer et en proie à une hystérie bien compréhensible. Je m'écroulais, épuisé, jusqu'au moment où Grancier me réveillait d'un léger coup de pied dans les côtes pour m'annoncer qu'on m'attendait au dispensaire. Peu bavard, la figure patibulaire, l'homme recevait les réclamations des gens qui avaient perdu un bagage. Il se bornait à hausser les épaules et à hocher négativement la tête, tout en inspectant sans conviction les montagnes de colis qui l'entouraient. Il était facile de deviner que cette crapule était un pourvoyeur assidu des fripiers du quai.

» Telle fut donc ma vie durant les quatre mois d'enfer au cours desquels j'ai pu expérimenter dans ma chair, comme si j'en avais encore eu besoin, les limites de la sordide cruauté et de l'insondable misère que peut supporter un homme sans recourir au suicide ou au crime. Seul un miracle des dieux m'a tiré de là. Une nuit, un capitaine danois, qui s'était démis l'épaule en faisant je ne sais quelle manœuvre dans la chambre des machines de son navire, se présenta dans la salle des urgences. Pascot me demanda de tenir le patient pendant qu'il essayait de remettre l'articulation en place. Entre deux spasmes de douleur, le capitaine me regardait fixement. Quand il fut dûment bandé et que les sédatifs dont l'avait bourré le médecin eurent commencé à faire leur effet, le Danois dit d'une voix presque inaudible : "Maqroll. Maqroll le Gabier. Qu'est-ce que vous foutez ici ? Vous ne me reconnaissez pas ? Je suis Olrik, Nils Olrik, le capitaine du *Skive*." La douleur qui déformait ses traits quand il était arrivé m'avait empêché de le reconnaître. Nous étions pourtant de vieux amis. J'avais travaillé pour lui en diverses occasions, ainsi que je vous l'ai déjà raconté.

Bien sûr, je me rappelais parfaitement les épisodes auxquels Olrik avait participé, au cours des pérégrinations du Gabier. Celui-ci poursuivit son récit :

» Je lui expliquai ma situation et l'absence de papiers qui faisait de moi l'esclave de Pascot et le complice de ses escroqueries minables. Il me demanda si j'avais signé un contrat ou quoi que ce fût qui me liait à lui. Je lui répondis que non et, sans préambule, il me dit de partir avec lui. Son bateau allait appareiller dans quelques heures. Pour mes papiers, inutile de me préoccuper. Il me prenait dans son équipage. Il savait déjà comment faire. Tout cela, bien entendu, fut dit en allemand, pour ne pas alerter le médecin et pour l'empêcher de nous mettre des bâtons dans les roues. Nous sortîmes bras dessus, bras dessous, devant Pascot ahuri et impuissant qui répétait en grattant sa large calvitie : *"Mais c'est pas possible, pas possible *."*

» Olrik m'inscrivit sur le rôle de l'équipage en datant mon engagement de Hambourg, deux mois plus tôt. Une maladie était censée m'avoir obligé à rejoindre Port-Vendres par voie de terre. Quand je pris mon premier repas à bord, je dus retenir des larmes qui étaient autant de rage que de soulagement. Nous partîmes à l'aube en direction de la Corse avec un chargement de blé et d'orge.

» Si je me suis autant étendu sur cette première expérience de Port-Vendres, c'est d'abord pour que vous puissiez comprendre le malaise que me causa le nom inscrit sur les tampons de l'enveloppe, et ensuite parce que l'ironie du sort a voulu que ce soit en cet endroit, qui m'avait été si hostile, que prenne naissance l'une des expériences les plus pleines et les plus enrichissantes de ma vie.

Quand j'ouvris l'enveloppe, j'entendis en moi une voix sourde me souffler que rien de bon ne pouvait venir de là. Cette voix se trompait du tout au tout. Et pourtant le texte de la lettre n'avait rien de rassurant. Je vais vous la lire, car je l'ai sur moi.

Le Gabier tira une enveloppe froissée de la poche de sa chemise de marin. Il déplia la feuille écrite à la main sur les deux faces et nous lut ce qui suit, dont j'ai pu prendre une copie par la suite :

Cher Monsieur Maqroll,

Je ne vous ai jamais rencontré, mais j'ai souvent entendu parler de vous. Il y a quelques années, je vivais avec votre ami Abdul Bashur. Cela se passait de façon intermittente, entre les voyages qu'Abdul faisait en Méditerranée. Je suis née à Alcazarseguer et, enfant, je suis allée vivre à Alger avec ma famille. Là, j'ai appris la danse arabe, puis j'ai parcouru la moitié du monde en exerçant cette profession. J'ai rencontré Abdul à Tunis. Il naviguait sur un bateau qui vous appartenait en partie. Je ne me souviens pas de son nom. Nous avons vécu ensemble à Bizerte près d'un an. Ensuite je suis tombée enceinte et j'ai dû abandonner la danse. Abdul me disait toujours que s'il lui arrivait quelque chose, je pourrais faire appel à vous. A la naissance de mon fils, je me suis fixée à Tunis. Abdul venait de temps en temps nous voir, l'enfant et moi. Après sa mort à Funchal, j'ai dû revenir à la danse, mais ce n'était plus pareil. Il fallait que je m'occupe de mon fils, Jamil, et je n'ai pas voulu lui faire subir les voyages continuels auxquels ma profession m'obligeait. J'ai trouvé du travail dans un magasin d'articles pour touristes, et j'y suis restée deux ans. Le magasin a fermé et j'ai fait différents métiers. Aujourd'hui se présente la possibilité d'aller travailler en Allemagne dans une usine, grâce à une amie qui a séjourné deux ans là-bas. Elle est de Port-Vendres, et je suis allée la rejoindre dans cette ville avec Jamil pour préparer mon voyage à Brême. Mon idée est de réunir suffisamment d'argent pour me rendre ensuite au Liban. Warda, la sœur d'Abdul, me permettrait de vivre près d'elle avec Jamil. Elle a toujours été loyale et généreuse à mon égard. Nous ne nous sommes jamais vues, mais nous nous écrivons fréquemment. J'ai un besoin urgent de consulter quelqu'un en qui je puisse avoir toute confiance, dans cette situation très difficile à expliquer par lettre. Warda m'a donné votre adresse, et je viens vous demander de me faire l'immense faveur de venir ici pour me conseiller sur ce que je dois faire, car je ne peux emmener Jamil avec moi. Les papiers pour le travail en Allemagne spécifient que je dois être seule. Tout cela est très embrouillé, et la seule solution que j'ai trouvée est de m'adresser à vous. Abdul vous aimait, il répétait toujours que vous étiez le seul ami à qui il pouvait se confier sans réserve. Je n'ai personne d'autre. Mes parents sont morts, je n'ai pas de famille. Je ne veux pas être une charge pour Warda ni pour ses frères et sœurs en leur laissant la responsabilité de s'occuper de Jamil pendant mon séjour en Allemagne. Je vous expliquerai mes raisons de vive voix. Excusez-moi pour le dérangement et les sacrifices que peut vous occasionner ma requête. Si je le fais, c'est uniquement au nom de l'amitié qui vous unissait à Bashur. Dans l'espoir de vous voir bientôt, je vous envoie mes plus affectueuses salutations.

Lina Vicente.

P.S. Si vous décidez de venir, vous pouvez me le faire savoir à l'adresse suivante : Ancien Café Mogador, 44, quai Pierre-Forgas, Port-Vendres, Pyrénées-Orientales. Lina.

» La lettre, poursuivit Maqroll, dénotait un caractère ferme, mûri dans de grandes épreuves. Son ton avait un mélange de dignité, de bon sens et de respect qui m'impressionna beaucoup, car ces qualités ne sont pas les plus communes dans des vies et dans des régions comme celles de Lina. Je pris donc la décision d'aller la voir. Je m'informai des itinéraires des cargos susceptibles de relâcher à Port-Vendres ou dans un port voisin, et je pus obtenir l'autorisation de m'embarquer sur l'un d'eux qui faisait escale à Palma deux semaines après. J'envoyai un télégramme à Lina pour lui annoncer ma venue et je partis pour la capitale majorquine. Naturellement, l'image de Bashur et le souvenir de toutes nos aventures communes ne me quittaient plus. L'appel de Lina avait fait ressurgir le passé et, pendant la traversée jusqu'à Port-Vendres, celui-ci devint une obsession. Je parvins à retrouver dans ma mémoire quelques allusions d'Abdul à cette femme et à l'enfant qu'il avait eu d'elle. Cela restait très vague et je ne pus me rappeler les termes dans lesquels il m'en avait parlé. La vie sentimentale de mon ami avait été une succession d'épisodes pour le moins agités qui se terminaient toujours par des ruptures dramatiques. Avec pourtant une exception : Ilona, que j'ai déjà souvent évoquée. Après la disparition tragique de notre commune amie, complice, fée protectrice et amante, Bashur avait rompu avec son passé pour prendre des chemins étranges et sinueux dont j'ai déjà eu l'occasion de parler. C'est dans cette dernière période qu'il avait rencontré Lina Vicente et qu'était né Jamil.

» Dans l'étroite cabine que je partageais avec un moine défroqué et un bijoutier arménien qui fuyait la Sicile pour je ne sais quel délit, j'essayais de reconstituer mes rencontres avec Bashur dans cette époque de sa vie, sans réussir à faire remonter dans mes souvenirs une image de la femme qui m'appelait aujourd'hui à l'aide. J'imaginais ses traits, je tentais de lui donner un corps et une expression, mais je n'aboutissais qu'à un puzzle confus qui ne me disait rien. En débarquant à Port-Vendres, tôt le matin, je me rendis tout droit à l'Ancien Café Mogador. Le Port-Vendres de mes souvenirs avait complètement disparu. Ne restaient que les installations de la Compagnie Paquet dont seule la raison sociale délavée, en lettres géantes, rappelait les temps d'une prospérité évanouie. La ville respirait un calme nouveau pour moi. Les façades des hôtels et des cafés étaient celles d'une ville accueillante et paisible, faite pour attirer les touristes. Nous étions en octobre et la vague des visiteurs du Nord s'était dispersée. Le café indiqué par Lina avait une petite terrasse sur l'avenue qui longeait la rade. En face, les quais étaient presque déserts. Je fus reçu par un garçon d'aspect catalan, ce qui me fut aussitôt confirmé par son accent. Dès que je prononçai le nom de Lina, un large sourire illumina son visage. Il disparut dans le fond de l'établissement et, quelques minutes plus tard, Lina était devant moi. Comme cela se produit souvent, elle ne correspondait en rien à l'image que je m'en étais forgée. Sa taille, son maintien ferme et souple, ses épaules un peu larges me firent tout de suite penser à Ilona. Mais la ressemblance s'arrêtait là. Le profil de Lina, anguleux avec un nez légèrement busqué qui lui donnait un air de faucon, un menton volontaire répétant un peu la ligne du nez en sens inverse, me rappela certains visages qu'on peut voir au Pays basque et parfois dans les Balkans. Les yeux saillants d'un vert sombre qui virait au pâle sous l'effet de la lumière avaient cette fixité intelligente qui distingue les gens du Levant. Ce regard évoquait celui d'une prêtresse d'un rite oublié et me confirma les qualités de caractère que j'avais devinées dans sa lettre. Elle souriait avec difficulté et l'on sentait chez elle une tension, une anxiété dues de toute évidence à l'incertitude de son avenir. J'essayai de calculer son âge, mais cela me fut impossible. Elle avait une mobilité, une force intérieure continuellement en action, sur le qui-vive, qui indiquaient aussi bien un reste de jeunesse qu'une maturité acquise à coups de sort contraire. Elle pouvait avoir trente ans comme cinquante. Plus tard, quand j'appris son âge, je fus surpris : elle venait d'avoir vingt-cinq ans. En la voyant louvoyer avec une légèreté de chat entre les tables et les chaises, je compris l'attraction qu'elle avait pu exercer sur Abdul. Elle était exactement du genre des femmes qui lui faisaient tourner la tête et pour lesquelles il se lançait dans des complications dont je connaissais la conclusion par cœur. Elle me salua affectueusement et s'assit à côté de moi sans me quitter des yeux, avec un sourire à la fois heureux et ému. "Je savais que vous viendriez. Je n'en ai jamais douté. Abdul m'a tellement parlé de vous que j'ai l'impression de vous connaître depuis longtemps. Avant de vous raconter dans le détail la raison de mon appel, je vais m'occuper de votre installation. Venez."

» Son espagnol était correct et elle s'exprimait aisément, mais avec un accent arabe marqué. Nous traversâmes un petit bar intérieur qui donnait sur la cuisine. Au fond de celle-ci, un escalier en colimaçon débouchait sur une sorte de terre-plein sur lequel s'ouvraient plusieurs chambres et une buanderie attenante à la salle de bains commune. Lina insista pour porter le sac de marin où je mets toujours mes affaires et quelques livres. Nous entrâmes dans une chambre meublée d'un lit de camp et d'une petite commode en bois. Nous y laissâmes mon bagage, et Lina me donna la clef en me précisant que je pouvais entrer et sortir à toute heure. Le café ouvrait le matin à sept heures et fermait la nuit à une heure. Si je voulais rentrer plus tard, la clef de la chambre ouvrait également la porte principale qui se trouvait au fond de la terrasse. Tous les mouvements et les propos de la femme dénotaient un esprit décidé, une absence d'hésitation qui me frappèrent. Je me dis que, dans la vie quotidienne, cette fermeté n'avait pas dû être facile à accepter pour le caractère de Bashur. Par la suite, quand je fus familiarisé avec la douceur très particulière et très attirante de son sourire, je me rendis compte du charme qui se dégageait de ce mélange inhabituel. Nous redescendîmes sur la terrasse, et Lina m'expliqua qu'elle devait faire la cuisine et s'occuper des clients qui commençaient à arriver. Nous nous reverrions à l'heure du déjeuner, passé midi.

» J'allai me promener dans la ville pour revoir les lieux où j'avais vécu des heures d'atroce misère. Comme je vous l'ai dit, ils avaient disparu. Tout était pimpant et respirait un agréable confort, une prospérité modeste mais stable. Beaucoup des visiteurs qui circulaient de café en café et sur les quais parlaient catalan. Ces gens étaient venus en voisins de Figueras, de Gerona et plus généralement de la Costa Brava pour goûter à la cuisine et aux vins français dans une ambiance familière. Je me promenai sur les quais. Des longs hangars qui hébergeaient les émigrants il ne restait rien, à part le bâtiment décrépi affichant la raison sociale de la Compagnie Paquet. Mais l'air d'innocence paisible de cette construction presque abandonnée n'évoquait rien dans ma mémoire. A l'époque, elle devait être masquée par d'autres, en fer et en verrières, aujourd'hui disparues. J'éprouvai comme une déception, une amertume devant cet évanouissement d'un passé dont le souvenir me faisait encore souffrir et dont il ne restait même pas un mur ou un pavé comme témoins de mes jours de malheur ; ceux-ci rejoignaient de la sorte définitivement tous ceux qui étaient enfouis dans le labyrinthe de ma mémoire. Un soleil splendide se réverbérait sur les façades blanches des maisons et des édifices rangés en amphithéâtre autour de la petite baie aux eaux calmes et transparentes. Tant de bien-être finissait par me faire mal : je me sentais un étranger, presque un exclu, dans un éden qui ne m'était pas destiné.

» Je regagnai la terrasse du café à l'heure convenue. Lina apparut bientôt en tenant par la main un enfant dont les yeux étonnés et souriants me regardaient avec une expression très semblable à celle de sa mère. Il me dit bonjour dans un arabe balbutiant. Je fus tout de suite frappé par la ressemblance de ses gestes avec ceux de son père. Le même décalage entre le mouvement des mains et les paroles qu'il prononçait, la même façon de tourner la tête vers un horizon indéterminé avant de se reporter sur son interlocuteur pour répondre à ses questions. Les yeux et la partie inférieure du visage étaient ceux d'Abdul, sans le strabisme qui donnait à celui-ci un air de mystère indéfinissable. Je ne pus faire autrement que de me rappeler la photo que vous m'avez montrée quand nous sommes allés à Funchal pour recueillir les restes de notre ami, et qui le représente enfant, debout, devant les débris carbonisés d'un avion. Un pincement de douleur et de nostalgie irrémédiable me coupa presque la respiration. Je m'efforçai de dissimuler mon émotion et posai une question quelconque à Jamil. Sans répondre, il mit sa main sur mon bras et me sourit comme pour me dire qu'il savait et qu'il comprenait tout. Nous échangeâmes les banalités d'usage. Il était clair qu'avant de me raconter son histoire, Lina souhaitait que Jamil et moi fassions connaissance. Au bout d'un moment, elle lui dit de monter jouer sur le terre-plein. L'enfant obéit sur-le-champ et me dit au revoir en souriant, mais avec le regard scrutateur de quelqu'un qui veut approfondir certains aspects non évidents de la personnalité de son interlocuteur.

» L'histoire de Lina était celle, classique, de la femme qui a vécu avec un homme, en a eu un enfant et a dû se débrouiller ensuite toute seule dans la vie. Abdul et elle s'étaient connus à Bizerte, à l'époque où nous étions tous deux propriétaires d'un cargo qui a été saisi par la suite à Barcelone parce que nous faisions de la contrebande d'armes pour les anarchistes. Lorsque Bashur apprit que Lina attendait un enfant, il lui envoya régulièrement de l'argent pour qu'elle ait de quoi vivre et pour payer la maternité. De père algérien et de mère espagnole, elle avait montré dès son enfance des dispositions remarquables pour la danse, et sa mère lui avait fait donner des leçons par une danseuse du ventre, lointaine parente, retirée dans la Casbah. Les parents étaient morts dans un accident d'autobus sur la route de Constantine, où le père avait trouvé un emploi dans les installations pétrolières. La petite fille s'était retrouvée orpheline à treize ans, et son professeur de danse l'avait prise chez elle. Le peu de biens que possédaient les parents était revenu à cette femme qui s'était occupée d'elle jusqu'à ce qu'elle soit en âge de danser aux fêtes et aux réunions du quartier. Très vite, ses dons évidents l'avaient fait reconnaître comme une professionnelle, et elle était entrée dans une compagnie qui faisait des tournées en Afrique du Nord et au Moyen-Orient. Elle avait pris le nom de sa mère en découvrant que ses parents n'étaient pas mariés. Sa vie était celle de toutes les danseuses qui parcourent les ports de la Méditerranée. Elle possédait la science millénaire de cette danse qui tient beaucoup du rituel et se décompose en figures rigoureuses dont l'origine se perd dans le

passé inconnu des fils du désert. Au cours d'une saison à
Bizerte, elle avait rencontré Bashur. Tout le monde
connaissait la passion de celui-ci pour les spectacles de
danse du ventre – dont je suis moi-même, je l'avoue et soit
dit en passant, un adepte convaincu.

» A cette époque-là, j'avais d'autres occupations, si je
peux employer ce mot pour désigner mes séjours à Kuala
Lumpur ainsi que dans la péninsule et les îles voisines qui
forment aujourd'hui la Fédération malaise, où j'ai rencontré, dans des circonstances que j'ai déjà racontées, notre
cher Alejandro Obregón grâce à qui nous sommes de
nouveau réunis aujourd'hui. C'est pour cette raison que je
n'avais pas connu grand-chose des relations entre Abdul
et Lina. Deux ou trois vagues allusions d'Abdul dans ses
lettres, c'était tout ce que j'avais su de leur histoire. Bashur
continua de voir Lina chaque fois qu'il passait par Bizerte
mais, quand il entra dans cette période de sa vie dont
nous ne savons que des choses confuses, leurs rencontres
se firent de plus en plus fugaces. Je vous ai également
relaté comment notre ami a fait cette espèce de traversée
des ténèbres d'un monde en marge. Quand Lina apprit la
mort de Bashur dans l'accident d'avion de Funchal, elle
avait déjà abandonné la danse et vivait de petits métiers,
d'abord à Alger, puis à Oran et enfin à Marseille. C'est là
qu'elle avait rencontré l'amie qui l'invitait maintenant en
Allemagne. Comme elle me le disait dans sa lettre, Lina
était en relation avec la famille d'Abdul, surtout avec
Warda qui travaillait pour le Croissant-Rouge libanais.

» Si elle ne souhaitait pas confier Jamil à sa tante,
c'était essentiellement parce qu'elle voulait que son fils
grandisse à l'ombre du souvenir de son père : non pas
l'Abdul que pouvait évoquer sa famille, mais celui qu'elle
avait connu et dont j'avais été le plus proche et le plus
vieil ami. Aussi, avant de partir pour l'Allemagne où elle

espérait pouvoir réunir le petit pécule qui lui assurerait
une certaine indépendance par rapport aux Bashur, me
demandait-elle de me charger de l'enfant en le prenant
avec moi durant le temps de son absence. En outre, Lina
craignait que la famille ne crée, même involontairement,
une distance entre elle et son enfant, en faisant de lui un
neveu de plus, parmi bien d'autres, du vieil armateur
Ahmed Bashur, dont, bien des années après sa disparition, le prestige demeurait grand dans les milieux mari-
times de la région. Cette méfiance me parut très caracté-
ristique de sa personnalité, tout en me rappelant en même
temps ce mélange de réserve et d'affection chaleureuse
qu'Abdul s'efforçait de maintenir à l'égard des siens.

» — Il était évident, ajouta Lina, que la seule solution
était de faire appel à vous, tout en sachant parfaitement
que j'allais vous causer beaucoup de tracas : j'étais sûre
que vous répondriez à ma requête, vous connaissant
comme je vous connais à travers Abdul qui m'a raconté
tant de choses sur votre vie en commun que j'ai l'impression, je vous le répète, que nous sommes liés depuis des
années. Maintenant, il ne me reste plus qu'à savoir votre
réaction.

» Je lui répondis que ma décision était déjà prise, et
cela dès l'instant où j'avais lu sa lettre. Elle pouvait compter sur moi sans réserves ni scrupules. Je la prévins
cependant que partager ma vie avec un enfant comme
Jamil était bien la dernière expérience que j'aurais jamais
pu imaginer. Après une existence telle que la mienne,
vécue sans attaches familiales ni servitudes d'aucune
sorte, toujours au bord du désastre, à rôder dans les
confins les plus perdus du monde, sans me soucier un
instant de ce qui pourrait m'arriver le lendemain ni
prendre garde à ce que je laissais derrière moi, de défaite
en défaite et sans autres biens que ce que je portais sur

moi, après tout cela, il était difficile de m'imaginer en train de m'occuper d'un enfant qui dépendrait complètement de moi.

» — Et pourtant, ajoutai-je, quelque chose me dit que, peut-être, je pourrais être pour Jamil un remplaçant transitoire de son père que j'ai tant aimé et dont l'absence, je crois, me laissera toujours inconsolable.

» Pour tout commentaire, Lina hocha la tête comme si elle savait depuis longtemps que les choses devaient se passer ainsi. Puis, sans revenir sur la question, elle aborda un problème immédiat.

» Le voyage de Jamil à Majorque présentait quelques difficultés. Ses papiers étaient tunisiens. Le permis de séjour délivré en France était périmé depuis plusieurs mois. Lina, en revanche, disposait d'un visa comportant un délai beaucoup plus long, du fait qu'elle était née au temps de la colonie française. Il fallait donc réfléchir à la manière de passer en Espagne avec Jamil. Ce temps permettrait au garçon de s'accoutumer à moi, ce qui rendrait la séparation moins douloureuse. Nous envisageâmes les différentes solutions qui nous venaient à l'esprit, puis la terrasse se remplit de clients et Lina dut retourner à la cuisine pour s'occuper du service. Elle me dit que je mangerais à la table où j'étais, avec Jamil. Elle s'en alla dès l'arrivée de son fils qui s'assit en face de moi sans dire un mot, en me fixant intensément de ses grands yeux dont l'expression n'était plus étonnée mais interrogatrice et inquiète, tout en gardant le sourire hérité de sa mère. Au dessert, je lui demandai ce qu'il voulait et il me répondit d'un air assuré, en espagnol cette fois : "Une glace. Mais pas ici, elles ne sont pas bonnes. Je vais te montrer l'endroit où on fait les meilleures." Cette absence de façons me plut. Nous descendîmes l'avenue qui menait au port et nous installâmes dans un café dont les tables commençaient à se libérer. Le garçon salua Jamil comme une vieille connaissance. Celui-ci réfléchit un moment avant de se décider : "Je veux une boule de citron et une boule de coco." Il avait parlé en français avec un fort accent arabe. Je commandai un café. Jamil eut l'air déçu : "Tu ne veux pas une glace ? Elles sont formidables. – A cette heure-ci, je prends un café", répondis-je, fasciné par sa désinvolture, dans le plus pur style de Bashur quand il était en forme.

» Ici, poursuivit le Gabier, une parenthèse me paraît nécessaire pour mieux vous faire comprendre ce qu'a été ma relation avec Jamil. Il n'est pas facile d'expliquer ce que j'ai ressenti la première fois que nous nous sommes trouvés face à face, sur la terrasse de l'Ancien Café Mogador et quand j'ai vu cette expression de surprise, dont l'intensité était à la fois enfantine et empreinte d'une maturité sans désenchantement ni amertume. Je n'avais pas devant moi un petit garçon. Ou en tout cas, son attitude ne correspondait en rien aux idées conventionnelles que peuvent se faire les adultes dans mon genre, qui n'ont guère l'expérience de ces relations-là. Ce que je peux vous certifier c'est que, dès cet instant, j'ai éprouvé pour lui une chaude solidarité, une sympathie totale, sans réserves ni hésitations. J'en fus le premier stupéfait. C'était pour moi quelque chose d'inconnu. Je croyais avoir parcouru toutes les nuances des relations entre êtres humains, dans la trajectoire mouvementée et infinie de mes errances et de mes échecs. Soudain, quelque part dans le plus secret de mon être, s'ouvrait toute grande une porte qui donnait sur un espace immense jusque-là inexploré, plein des merveilles les plus déconcertantes. J'arrête là mes explications car je crains de tomber dans le sentimentalisme...

Ma femme l'interrompit :

— Je ne le crois pas. Pour moi, c'est très clair.

Elle avait prononcé ces mots avec une telle conviction que Maqroll, aussitôt, parut respirer plus librement. Il eut un pâle sourire :

— Merci, dit-il, avant de reprendre le fil de son récit sur un ton désormais plus naturel et plus posé.

Car jusqu'à cet instant, il était clair qu'il avait eu beaucoup de mal à exposer certains aspects de son expérience avec Jamil.

» Nous étions donc assis dans le café, Jamil faisait alterner religieusement une cuillerée de citron avec une cuillerée de coco, et j'avais l'impression de l'avoir eu près de moi depuis sa naissance. Il faisait partie de ma vie. Bien sûr, il était le fils d'Abdul et je savais que j'allais, pour un temps, lui tenir lieu de père, mais ce petit garçon possédait aussi en propre une grâce et un charme prenants. Un moment, je me suis dit que j'étais en train de me raconter des histoires et que, n'ayant jamais fréquenté des enfants, je prenais pour extraordinaire quelque chose qui, pour tout le monde, devait être normal et quotidien.

» Mais les quelques phrases que nous échangeâmes pendant qu'il terminait sa glace me confirmèrent dans ma première impression.

» — Alors comme ça, tu vis à Majorque ? me demanda-t-il en raclant les derniers restes de glace avec sa cuillère.

» — Oui, j'habite Pollensa. Un port très joli. Mais l'endroit où je vis est abandonné et en ruine.

» Je pensais qu'il valait mieux le prévenir tout de suite

du délabrement de mon logis. Jamil haussa les épaules comme pour dire : "Qu'est-ce que ça peut faire ? C'est bien comme ça." Il regarda sa coupe vide d'un air de reproche sévère, puis déclara sur un ton sibyllin : "Tout finit toujours plus tôt qu'on le croyait. C'est la vie, comme dit maman."

» De nouveau, j'eus l'impression d'entendre Bashur, assis à côté de moi. Un tel commentaire était tellement semblable à ceux de son père, et Jamil l'avait prononcé si spontanément qu'un instant, je crus assister à un phénomène surnaturel.

» A l'Ancien Café Mogador, Lina nous attendait sur le seuil de la porte intérieure qui menait à la cuisine. Je vis tout de suite à son expression qu'elle avait déjà très bien perçu ma sympathie et ma fascination pour Jamil. Elle s'exclama joyeusement :

» — Je n'aurais jamais pensé qu'il allait vous obliger à manger des glaces. Pourquoi avez-vous cédé ?

Elle était moins tendue, et l'anxiété du matin avait disparu.

» — Il a refusé la glace. Il a pris un café, dit Jamil, imperturbable.

» Lina guettait ma réaction.

» — Ne vous inquiétez pas, dis-je. Je sais que je n'y couperai pas. J'en prendrai une la prochaine fois, et je suis sûr que j'aimerai beaucoup ça.

» Le soir, je décidai d'aller voir sur les quais si je ne trouverais pas un bateau pour Majorque. Effectivement, un avis annonçait la prochaine arrivée d'un cargo, et le nom du capitaine qui y était mentionné était celui d'une ancienne connaissance. Je me dis que je pourrais combiner quelque chose pour que Jamil fasse la traversée sans problèmes. Deux jours plus tard, le bateau vint s'amarrer. Aux bureaux de la compagnie qui l'affrétait, on m'indiqua que le capitaine avait été remplacé au dernier moment pour des raisons de santé. Jamil m'avait accompagné dans cette démarche. Il ne me quittait pas et, la nuit précédente, il avait dormi dans mon lit. Il voulait absolument que je lui raconte, avec tous les détails, une pêche au thon en Alaska qui avait failli me coûter la vie et à la suite de laquelle nous avions perdu, Sverre Jensen et moi, le bateau de pêche acheté à Vancouver au prix de durs sacrifices.

» Nous passâmes une bonne partie de la journée sur les quais et il ne cessa de me bombarder de questions telles que : "Pourquoi les bateaux flottent ?" "Comment des petites hélices peuvent faire marcher des bateaux gros comme ça et tout en fer ?" "Qui c'est, celui qui commande le plus, sur un bateau : le chef mécanicien ou le second ?" "Comment ça se fait que les bateaux peuvent changer si facilement de pavillon et d'équipage, mais qu'ils peuvent pas changer de pays ?", et bien d'autres du même genre, faciles en apparence, mais qui me faisaient m'embrouiller dans des explications sans fin, lesquelles débouchaient sur de nouvelles questions encore plus inextricables. Nous rentrâmes par l'avenue du port, et Jamil insista pour aller manger des glaces dans le café où il était accueilli avec les attentions que l'on réserve aux vieux clients. Le soir tombait et, pendant qu'il expédiait deux boules de vanille, nous suivîmes les mouvements du port. Un trafic paisible et modeste, en rien comparable, bien sûr, avec ceux d'Amsterdam ou de Hambourg qui avaient été l'objet de longues conversations entre nous. Nous vîmes entrer une vedette de surveillance côtière qui remorquait un petit voilier aux voiles ferlées et apparemment sans autre équipage qu'un skipper qui observait la manœuvre d'un air désolé. Il se bornait à donner quelques coups de barre pour rester dans le sillage de la vedette de la police. Jamil me posa une question sur ce bateau, mais le garçon de café, qui suivait la scène juste à côté de notre table, ne me laissa pas le temps de répondre :

» — Ce sont des contrebandiers. Ils viennent de la Costa Brava. Ils sont faits, les pauvres. Ils n'ont pas compris que nous ne sommes plus au temps où le métier était facile. Ils se font prendre à tous les coups.

» — Gabier – Jamil ne s'était pas encore habitué à prononcer mon prénom : il butait sur la prononciation conjointe du *r* et du *q* –, Gabier, c'est quoi, des contrebandiers ?

» — Ce sont des gens qui passent d'un pays à l'autre avec de la marchandise sans payer les droits de douane sur les produits venant de l'étranger. Les gardes-côtes les arrêtent et les mettent en prison.

» — Mais les gardes-côtes sont méchants. Pourquoi les contrebandiers les tuent pas, au lieu de se laisser prendre ?

» Le garçon se rapprocha pour continuer ses explications :

» — Non, Jamil. Ils ne sont pas méchants, et personne ne tue personne. Ça, c'était autrefois, quand les gens étaient plus violents et que la contrebande était plus importante. Comme on est tout près de la frontière, ce que tu vois là est courant. Ils vont rester en prison ici pendant vingt-quatre heures, et puis on leur confisquera la marchandise et on les renverra en Espagne.

» — Les pauvres, dit l'enfant, moi je leur ferais rien du tout.

» Le garçon réagit à ces mots avec une sympathie manifeste. Du coup, une idée me vint, à partir de laquelle j'échafaudai sur-le-champ tout un plan susceptible de résoudre notre problème migratoire. Je décidai de confier celui-ci au garçon. Puis je lui expliquai que je croyais plus facile de passer en Espagne avec Jamil par voie de terre. Mais nous avions besoin, à Port-Vendres, de l'aide de quelqu'un qui n'éveille pas les soupçons au poste-frontière. Sans hésiter, le garçon me dit à voix basse :

» — La personne qu'il vous faut, vous la connaissez très bien. C'est Pierre Vidal, un Catalan du Roussillon qui travaille à l'Ancien Café Mogador. Parlez-lui. Je sais ce que je dis.

» Jamil termina sa glace et nous reprîmes le chemin du logis. Pendant le trajet, il me regardait fixement comme s'il essayait de deviner mon plan. Il savait que c'était son sort qui était en jeu. Je m'efforçai de lui expliquer la chose le plus simplement possible :

» — Pour que tu viennes avec moi à Majorque, nous devons d'abord passer en Espagne afin de nous embarquer à Barcelone. Mais comme la police n'acceptera pas ton passeport tel qu'il se présente et nous posera un tas de questions, nous allons trouver un moyen plus commode.

» — Oui, répondit Jamil, d'un petit air sûr de lui. Comme les contrebandiers. Mais si on nous arrête ?

» — On ne nous arrêtera pas. Il ne se passera rien. Tu as confiance en Maqroll, n'est-ce pas ? lui demandai-je à brûle-pourpoint pour voir sa réaction.

» La réponse de Jamil fait partie de la longue série des répliques du gamin dont Mossèn Ferrán et moi avons soigneusement tenu le registre.

» — Bien sûr que j'ai confiance en toi, Gabier. Ceux en qui j'ai pas confiance, ce sont ces hommes avec leurs vedettes, leurs projecteurs et leurs canons qui me font peur.

» Je ne sus que rétorquer, un peu au hasard :

» — Il s'agit seulement de ne pas les rencontrer sur notre chemin. Nous passerons par la terre. C'est moins risqué.

» Jamil m'adressa un regard malin et réjoui. La voie terrestre lui ouvrait de nouvelles perspectives d'aventures qui le tentaient beaucoup. Mais pour lui j'étais un homme de la mer, et je crois qu'il n'avait guère confiance en mes compétences de terrien. Cette fois encore, un écheveau de souvenirs confus remonta dans ma mémoire. J'eus l'impression d'avoir près de moi Abdul Bashur, avec ses commentaires moqueurs à propos des plans que je bâtissais pour défier la monotonie et la banalité du destin.

» Lina nous attendait. Au dessert, les paupières de Jamil gonflées de sommeil commencèrent à se fermer. Notre conversation de la nuit précédente s'était prolongée très tard. Lina l'emmena dans la chambre et revint tout de suite. Elle avait senti qu'il y avait du nouveau pour notre voyage à Pollensa. Je lui rapportai ce que m'avait dit le garçon de l'autre café et mon projet de traverser la frontière par la terre. Dès que j'eus terminé, elle m'approuva entièrement et alla chercher Vidal.

» — Voici Pierre Vidal, me dit-elle en ramenant celui-ci, qui me dévisageait attentivement. Et comme tu le sais déjà très bien, voici Maqroll le Gabier. Il va t'expliquer de quoi il s'agit.

» J'exposai brièvement mon problème. Tout de suite, il se montra disposé à nous aider. Il abandonna son air soucieux et sourit, content de pouvoir nous faire profiter de son expérience.

» — Inutile d'espérer pouvoir passer par la mer. La surveillance est très stricte, et plus encore dans les ports espagnols. Vous avez raison : la seule solution est par la terre, en franchissant la frontière au Perthus. Il faut faire ça avec une voiture immatriculée à Perpignan ou dans n'importe quelle localité voisine de l'Espagne. Dans ce cas, ils ne demandent presque jamais les papiers. Et c'est la même chose de l'autre côté. Vous irez ensuite à Figueras, où vous prendrez le train pour Barcelone. Pour la traversée de Barcelone à Palma, vous savez comment faire. Il n'y a aucune formalité particulière pour prendre le ferry.

» Je devais avoir l'air de trouver cela presque trop simple. Il s'en aperçut, car il précisa tout de suite :

» — Mais oui monsieur. C'est comme ça, de nos jours. Vous n'avez sûrement pas dû revenir depuis des années, et c'est pour cette raison que vous avez pensé au bateau. Tout est très simple. Dites-moi seulement quand vous comptez partir : j'arrangerai ça avec mon cousin qui va plusieurs fois par semaine à la Junquera où il possède un restaurant tenu par un neveu. Tout se passera en famille. Prévenez-moi un peu à l'avance, deux jours par exemple. Et surtout ne vous faites pas de souci.

» J'avais un poids en moins : les choses reprenaient leur cours naturel. Nous continuâmes à parler, et je lui racontai ce qu'avait été jadis mon expérience de Port-Vendres. Son sourire s'élargit encore, empreint de compassion, et il me dit qu'adolescent à l'époque, il se souvenait de la marée d'émigrants, un cauchemar qui avait jeté un voile d'ombre sur sa jeunesse. Il nous quitta pour répondre aux signaux d'une tablée de touristes hollandais qui commençaient à protester.

» La question de notre passage en Espagne ainsi clarifiée, il ne restait plus qu'à en fixer la date avec Lina. Profitant du sommeil de Jamil, elle aborda le sujet de façon très directe et sans rien cacher de ses sentiments.

» — Je veux que vous sachiez que c'est le cœur tranquille que je pars pour l'Allemagne en vous laissant Jamil. Je vois que vous vous entendez à merveille. Il n'arrête pas de dire votre nom à tout bout de champ, et il a pour vous une affection qui me semble partagée. Vous voyez comment va la vie : c'est la décision la plus improbable qui était la meilleure. Si je disais à n'importe qui que je vais vous confier Jamil, il me répondrait que c'est de la folie. Un homme comme vous, sans domicile fixe, avec la vie agitée que vous avez menée, pleine de changements inattendus et brutaux, toujours au bord de la transgression et de la prison, ne paraît pas être la personne idéale pour se charger d'un enfant qui n'a pas cinq ans. Pourtant, en me fiant à ma seule intuition et en me souvenant des mille anecdotes que Bashur m'a racontées sur vous, je pense que nul n'est plus indiqué pour s'occuper de mon fils. Je sais maintenant que j'ai vu juste. Je pense que le mieux est que vous partiez les premiers. J'ai encore quelques questions à régler, et je dois me mettre d'accord avec mon amie sur les détails de mon voyage. Nous le ferons en train, bien sûr, mais il faut trouver la manière la plus rapide et la moins chère d'aller à Brême par cette voie. Vous ne pouvez imaginer la peine que cela me fait de me séparer de mon enfant ; mais je suis sûre que c'est pour notre bien à tous les deux, et je tâcherai de cacher mon chagrin. Tout en sachant parfaitement que ça ne servira à rien, car les enfants sentent très bien ce que les adultes éprouvent. Enfin, nous verrons bien.

» Je lui répondis que j'étais prêt à partir à n'importe quel moment. J'étais rassuré à l'idée qu'elle savait que Jamil serait en bonnes mains et qu'il serait entouré de beaucoup d'affection.

» Lina monta voir Jamil, et je restai sur la terrasse à retourner dans ma tête la nouveauté de la situation que le destin me faisait affronter et que je n'aurais jamais pu imaginer dans mes calculs les plus délirants. Vidal revint et, me voyant pensif, essaya de me réconforter.

» — Jamil est un enfant adorable. Ça vous fera beaucoup de bien de découvrir cette vie qui s'éveille. J'ai deux petits-enfants. Pour ma femme et moi, c'est un bain de jouvence qui ressuscite des sentiments que nous pensions morts. C'est très intense et tonifiant à la fois. Vous verrez. Je vous envierais presque.

» Il retourna à ses occupations. Chaque fois qu'il passait près de moi, il me lançait un clin d'œil complice. Les paroles de Lina, et ensuite celles de Vidal, continuaient à résonner dans mon esprit. Je prenais conscience d'aspects de ma décision que j'avais jusque-là allégrement négligés. Je me rendais compte que Jamil était désormais lié à mon existence. Une existence que j'avais crue stable et sans problèmes dans mon refuge de Pollensa. Curieusement, au lieu de me peser comme une responsabilité inattendue, ce changement m'insufflait une espèce d'enthousiasme que je n'avais pas ressenti depuis des années. Il était évident que Jamil se livrait sans réserve à ce que je pourrais décider. La joyeuse complicité de nos rapports, surtout quand j'évoquais tel ou tel détail de notre future vie à Pollensa, m'apparaissait comme un magnifique cadeau des dieux. Toute une vie, me disais-je, je n'ai connu que des échecs, de port en port, dans des endroits de la terre toujours plus sauvages et plus reculés, j'ai traversé des enfers indicibles, vécu des expériences qui, parfois, me semblent l'avoir été par d'autres que moi, tant je ne parviens pas à m'expliquer comment j'en suis sorti indemne. Tout cela pour terminer en oncle postiche d'un enfant d'Abdul Bashur dont la vie va dépendre de chaque geste que je ferai, chaque mot que je prononcerai. Il y avait là quelque chose d'insensé. Je conclus qu'il valait mieux ne pas approfondir. On ne doit pas provoquer les puissances qui tirent les ficelles et ne descendent pas nous consulter. Il est possible, me dis-je encore, que tout cela procède de cet ordre longtemps rêvé et attendu, et qui m'a si souvent filé entre les doigts. Peut-être est-ce lui qui se présente aujourd'hui sous la forme de cet enfant, qui me dit : "Voici enfin la grande épreuve. Je serai près de toi pour faire en sorte qu'une fois, au moins, tout se passe effectivement ainsi que cela devait se passer, et non comme d'habitude, c'est-à-dire sous l'emprise du destin funeste qui te poursuit."

» Là-dessus, apparut Jamil en personne. Il vint s'asseoir et se mit à observer le trafic du port. Comme s'il devinait mes pensées, il me demanda soudain d'un air inquisiteur :

» — Est-ce que Pollensa est pareil ?

» Nous avions parlé de Pollensa et du voyage, mais sans trop entrer dans les détails. Tant que je ne savais pas comment nous quitterions Port-Vendres, je ne voulais pas qu'il tienne pour définitif un avenir encore en suspens. Mais maintenant tout se présentait de façon claire et précise. Le temps était donc venu d'en parler. J'avais compris que Jamil prendrait tout ce que je lui dirais au pied de la lettre, comme une vérité irréfutable. Je sais aujourd'hui que c'est le cas pour tous les enfants. Il m'eût suffi d'un léger effort d'introspection, de revenir sur ma propre enfance pour le savoir dès ce moment-là. Mais je me rendais compte aussi qu'ayant commencé à travailler tout gamin encore sur les bateaux de pêche, je n'avais guère eu le loisir de penser à mon enfance : juché dans la vigie, perdu dans le vertige d'un présent implacable, il me fallait être attentif au déferlement de risques et de brutales alarmes qui étaient mon lot quotidien.

» Je lui expliquai que le port majorquin se trouvait dans une baie plus grande que celle de Port-Vendres et que le paysage était très différent. La lumière, plus intense, était partout, l'eau était plus transparente et plus calme, et la ville, plus petite, se trouvait dans une plaine entourée au loin de collines. Elle était dépourvue de ces forteresses de templiers de Port-Vendres, si déprimantes les jours de grisaille et de pluie. A Pollensa, on parlait le dialecte de Majorque, très proche du catalan qu'il avait sûrement entendu dans le sud de la France. Pollensa était plus tranquille et abritait moins de bateaux que Port-Vendres. On y trouvait beaucoup de yachts de plaisance, certains grands et luxueux. Nous habiterions dans des chantiers abandonnés, où l'on faisait jadis le carénage et les réparations rendues nécessaires par le travail de la mer sur les coques et les superstructures métalliques des navires. Par une fenêtre de notre chambre nous pourrions suivre l'entrée et la sortie des bateaux, la plupart appartenant à des vacanciers, qui égayaient la rade.

» Je lui expliquai ensuite comment nous allions passer la frontière espagnole au Perthus. "Et si les gendarmes nous prennent, qu'est-ce qu'ils vont nous faire ?" s'exclama-t-il.

» — D'abord ils ne nous prendront pas. Les gens passent sans formalités et n'ont pas besoin de montrer leurs papiers. Mais si ça arrivait, ils nous renverraient en France, et c'est tout.

» Je faisais là un léger mensonge : en ce qui me concernait, je devais m'attendre, au cas où nous serions pris, à ce que les choses soient un peu plus compliquées.

» — Alors ce sont des gendarmes gentils, conclut Jamil, comme s'il voulait calmer l'inquiétude qu'aurait pu me causer sa première question.

» — Les gendarmes, Jamil, ne sont ni gentils ni méchants, ce sont simplement des gendarmes.

» J'attendais une réplique du petit garçon, mais celui-ci se borna à me lancer un regard de commisération qui signifiait : "Tu es consternant. Il y a des fois où tu ne comprends rien."

» Un instant plus tard, il me bombardait de questions sur le voyage, tant et si bien qu'il finit par me communiquer sa fébrilité. Je me dis que c'était vraiment un comble, après tout ce que j'avais traversé dans ma vie, de me retrouver dans un tel état pour une banale promenade. Mais il y avait Jamil, ma découverte de Jamil et de sa fièvre de tout étreindre, de tout savoir, de tout voir. J'ai peur de vous ennuyer souverainement en insistant sur cette nouveauté d'une expérience qui doit vous être familière. Vous devez sûrement trouver ridicule quelqu'un pour qui le contact d'un enfant qui n'a pas cinq ans se transforme en révélation.

— Non, dit ma femme. Ne croyez pas cela. Vous ne nous ennuyez pas. Toute rencontre avec un enfant nous fait découvrir, chaque fois, un monde surprenant. Les psychologues peuvent dire ce qu'ils veulent, il n'existe pas de règles ni de principes pour prévenir les surprises que nous réserve cette expérience. Mais je ne pensais pas à cela. Je vous avoue, Maqroll, que, depuis un bon moment, une question me brûle les lèvres.

— Je sais ce que vous voulez me demander, madame. Soyez rassurée, Jamil va bien : il vit là où il doit vivre, c'est-à-dire avec sa mère et la famille d'Abdul. C'est moi qui ne vais pas bien. Mais vous me connaissez, vous connaissez ma longue soumission au destin : je sais faire face.

Mossèn Ferrán recouvrit de sa grosse patte de paysan la main que le Gabier gardait posée sur la table. Ce geste était plus éloquent que les mots qu'il ne voulait ou ne savait pas prononcer. Maqroll détourna un instant les yeux, puis revint à son récit.

» Le lendemain, l'amie avec qui Lina devait travailler en Allemagne vint la voir. Lina tenait à ce que j'assiste à leur conversation et à ce que je fasse la connaissance de celle qu'elle appelait, non sans un soupçon de moquerie dans la voix, "ma protectrice". La femme était, dans tous les sens du terme, le contraire exact de Lina. Blonde et replète, le regard toujours ailleurs, semblant fixer un objet qui n'était jamais là mais qu'elle ne cessait de chercher, Asunta Esposito était le produit curieux d'un père savoyard et d'une mère du Roussillon, qui respirait l'honnêteté et manifestait une extrême ténacité, deux qualités qu'elle savait dissimuler sous un continuel sourire de poupée dans une vitrine et cet air de ne pas être tout à fait là où elle était. Il était évident qu'elle ressentait pour Lina une admiration et un attachement qui la faisaient paraître la cadette de la mère de Jamil, alors qu'elle avait en réalité plusieurs années de plus, comme je l'appris par la suite. J'eus immédiatement l'impression que la brave Asunta ne serait jamais retournée à Brême si elle ne s'était assuré la compagnie de Lina, qui lui garantissait une stabilité émotionnelle et donc un exil plus supportable. Elle parlait en écorchant un peu les *s*, qu'elle prononçait en collant la langue au palais plus que nécessaire.

» — Je vous imaginais plus jeune, me lança-t-elle d'emblée. Je ne veux pas dire que vous avez l'air vieux, mais Lina me parlait de vos voyages et de tout ce qui vous est arrivé comme si vous étiez un amoureux de l'aventure : or je vois que vous n'avez pas du tout cet aspect-là. Vous ressemblez plutôt à un moine qui parcourt le monde à la recherche du couvent qu'il a perdu.

» Lina voulut excuser ce que le propos de son amie pouvait avoir d'incongru : "Asunta est comme ça : elle se promène les yeux fermés, et elle voit constamment des choses qui n'existent pas et des gens qu'elle invente."

» Je répondis qu'au contraire, Asunta ne se trompait peut-être pas tant que cela : ce n'était pas la première fois que j'entendais cette comparaison, même si la recherche du couvent était pour moi une nouveauté et une révélation. Nous rîmes beaucoup tous les trois, après quoi Asunta me demanda comment je trouvais Jamil. Je ne voulus pas entrer dans trop de considérations ; j'essayai plutôt de les tranquilliser en leur parlant de la manière dont je prendrais soin du petit garçon. J'étais certain que c'était là que résidait la plus grande inquiétude des deux femmes, plus encore chez Asunta que chez Lina qui me connaissait déjà mieux. Je leur expliquai que Jamil était pour moi comme un neveu, et qu'il me semblait plus éveillé et plus intelligent que son âge ne me permettait de le supposer. Je vis que la blonde rougissait sans motif apparent et regardait Lina comme pour approuver sa décision : il était clair qu'elle avait nourri quelques doutes à mon sujet. Nous parlâmes ensuite de l'Allemagne, des Allemands et du climat lugubre de Brême. Là-dessus survint Jamil : il voulait aller au port avec moi pour assister à l'entrée d'un bateau de guerre italien dont l'arrivée était affichée à la capitainerie. Je pris congé des deux femmes et Lina m'indiqua, comme si la chose était convenue de longue date :

» — Cet après-midi, il faudra aviser Vidal de votre départ. Dans deux jours, tout sera prêt.

» Je la regardai avec une certaine surprise, tandis que, sans prêter attention à ma réaction, elle se mettait à discuter avec Asunta de papiers qu'elle devait passer prendre dans je ne sais quel bureau. Jamil ne fit aucun commentaire, mais, sur le trajet menant au port, il garda un silence qui montrait clairement l'impression que lui avaient causée les paroles de sa mère.

» Ce soir-là nous parlâmes avec Vidal, et le départ fut fixé pour le surlendemain. Le cousin passerait nous prendre avant midi. Lina profita du délai pour acheter des vêtements qui, d'après elle, manqueraient à Jamil quand il serait à Pollensa, et à préparer ceux qu'il avait déjà. Mossèn Ferrán avait glissé discrètement dans ma poche quelques billets d'argent français au moment de mon embarquement, prévoyant que ce que j'emportais avec moi serait insuffisant. J'offris à Lina de l'accompagner dans ses emplettes et de les payer, mais elle repoussa catégoriquement cette idée.

» Le jour de notre départ, le cousin de Vidal passa nous prendre vers dix heures du matin. Son visage rappelait beaucoup celui de Pierre, mais là s'arrêtait la ressemblance : plus épais, l'allure jeune et athlétique, il n'avait pas ce je-ne-sais-quoi de fiévreux et de maladif qui, chez son cousin, finissait par inquiéter. Lina descendit avec Jamil qui portait une petite valise, dont on devinait qu'elle avait connu des temps meilleurs et qui donnait au petit garçon un air de voyageur expérimenté. Lina l'étreignit un long moment en dissimulant sa peine du mieux qu'elle pouvait. Sur le coup, Jamil, excité par la proximité de l'aventure, ne montra guère d'émotion. Vidal nous regardait avec amusement et, quand la petite camionnette Renault de son cousin démarra, il passa un bras autour des épaules de Lina, tout en nous faisant de l'autre un geste d'adieu prolongé et affectueux. La voiture portait sur ses deux flancs le même dessin en couleurs qui représentait d'une manière assez naïve un plat de langoustines accompagné de ces mots : "Chez Can Michel. Poissons et fruits de mer extra. La Junquera."

» Nous avions pris place à côté du conducteur. Moi au milieu et Jamil près de la fenêtre, parce qu'il ne voulait pas perdre le moindre détail de notre passage de la frontière. Il serrait sa petite valise comme un objet précieux. Il finit par céder à la suggestion que lui fit le cousin de Vidal de la mettre à l'arrière, mais il se retournait de temps en temps comme s'il craignait qu'elle ait disparu. Ramón – c'était le nom de notre chauffeur – affichait un calme, une indifférence même, qui intriguaient Jamil. Quand nous prîmes la route de l'Espagne et que je lus le panneau indicateur, Jamil se tourna encore une fois vers Ramón et se décida à lui lancer la question qui le tracassait depuis un bout de temps :

» — Et si les gendarmes nous arrêtent, ils vous prendront votre voiture ?

» Ramón marqua un temps avant de répondre, tout en faisant une telle mimique avec ses sourcils épais que nous éclatâmes de rire. Puis il se lança dans un discours en catalan dont la véhémence indiquait que, pour lui, la question dépassait les limites de l'absurdité :

» — Mais bon Dieu, mon garçon, en voilà des idées ! Personne ne va nous arrêter. A cette heure-ci les gendarmes sont en train de lire le journal et de boire leur deuxième café de la journée : c'est le meilleur. Ils ne nous regarderont même pas. Tu verras : un geste de la main comme pour chasser une mouche, et ça sera tout.

» Jamil n'eut pas l'air tout à fait convaincu ; il demanda à quoi servaient les forts que l'on voyait partout sur les crêtes et qui semblaient surveiller la route. Nous lui expliquâmes que ces constructions dataient d'un autre temps, quand les deux pays se faisaient la guerre. De toute évidence, il aurait aimé qu'ils soient toujours en activité, et qu'ils représentent un danger actuel et imminent. Mais bientôt il tomba dans un profond sommeil, appuyé contre mon bras. Pour qu'il soit mieux, je l'installai sur ma poitrine. Il respirait avec une sérénité innocente qui m'émut. Ses longs cils bougeaient de temps en temps. Il rêvait certainement de gendarmes et de contrebandiers. De nouveau, je sentis ma poitrine envahie par une chaleur, une tendresse si forte qu'elle en était presque douloureuse. Jamil, l'enfant du meilleur ami que la vie m'avait donné, dormait avec confiance, sûr des sentiments qu'il savait bien avoir éveillés dès notre première rencontre. Le petit garçon déployait dans tous ses gestes, dans tous ses rapports avec moi, une énergie, une force surprenantes qui suscitaient en moi un torrent de sensations inconnues. Certes j'avais dû les éprouver dans mon enfance, avant de les enterrer au plus profond de mon être. Mais la vie m'était tombée dessus très tôt et j'avais dû avaler trop de potions amères administrées par les adultes avec la brutalité indifférente de ce qu'ils appellent "la lutte pour la vie". Encore une fois, comment exprimer cela ? Je tenais dans mes bras la tête bouclée de Jamil, je sentais émaner de lui des ondes stimulantes qui en faisaient un messager destiné à me conduire, dans le désordre et la solitude de mon existence, vers un monde tout neuf, vers le bonheur d'un recommencement à zéro qui effaçait les erreurs et les déceptions du passé : j'étais dans un état de disponibilité proche de l'ivresse. C'est très compliqué, et en même temps très simple. Je suis sûr, madame, que vous me comprendrez.

Ma femme acquiesça en souriant, sans faire de commentaires. Mossèn Ferrán hochait la tête d'un air attendri qui dénotait une longue familiarité avec ce genre de discours du Gabier. Quant à moi, je me rappelais une réflexion que m'avait faite Abdul Bashur à l'époque de notre première rencontre et qui m'avait été très utile pour établir une relation durable avec Maqroll.

« Le Gabier, avait-il dit, est comme ces crustacés dont la carapace dure comme la pierre recouvre une pulpe délicate. Il protège cette région sensible de son être intime avec tant de soin qu'on finit par croire qu'elle n'existe pas. Puis viennent les surprises. Avec lui, elles sont parfois fracassantes. »

» Quand nous fûmes près du poste-frontière français, poursuivit le Gabier, Jamil se réveilla comme s'il avait deviné que le moment qu'il attendait avec tant d'inquiétude approchait. Un gendarme français mal réveillé, le képi rejeté en arrière, lisait son journal d'un air bonasse. Il leva la tête, jeta un coup d'œil à la camionnette, nous fit signe de passer et revint à sa lecture avec une indifférence qui frisait l'impertinence. La réaction de Jamil fut immédiate et incontrôlable : il fit le geste de tirer sur le gendarme, en criant en arabe :

» — On t'a eu, pan ! pan ! pan !

» J'essayai de lui fermer la bouche mais il était trop tard. Le gendarme n'avait même pas levé l'œil de son journal. Ramón apostropha Jamil :

» — *Collons* de gosse ! Parler arabe juste ici. Il est *boig* ou quoi ?

» Jamil nous regarda d'un air malin et haussa les épaules avec une indifférence feinte. Nous étions déjà en territoire espagnol. Devant le poste, deux gardes civils bavardaient paisiblement en fumant ce qui devait être leur dixième cigarette de la journée. Ils firent un signe amical à Ramón, et celui-ci accéléra tout en agitant la main par la fenêtre pour leur répondre. Jamil nous regarda de nouveau et dit :

» — Ces deux-là, on les tue pas, ils sont des amis de Ramón. Tu as vu comment ils nous ont dit bonjour ?

» Arrivés à la Junquera, Ramón nous déposa à l'arrêt des autobus qui allaient à Figueras. Il nous fit ses adieux comme un vieil ami. Il passa les mains dans les cheveux de Jamil, et dit affectueusement :

» — Ici, garde ton arabe pour quand tu seras seul avec le Gabier. Dans la région, ça pourrait te créer des problèmes.

» Jamil l'observa d'un air amusé et hocha la tête affirmativement, comme pour exprimer qu'il acceptait le conseil sans très bien le comprendre.

» Nous nous assîmes dans un café pour attendre le départ de l'autobus. Le silence de Jamil me fit penser qu'il se rendait enfin compte de sa séparation d'avec sa mère. Il avait envie de pleurer et se maîtrisait à grand-peine. Enfin, il se décida :

» — Ma mère m'a dit de ne jamais oublier l'arabe : c'est la langue de mon père et des Bashur. Qu'est-ce que je vais devenir, si on me laisse pas le parler ? Et ma maman, en Allemagne, avec qui elle va le parler ?

» De grosses larmes lui coulaient sur les joues.

» — On parlera arabe entre nous chaque fois que tu le voudras. Les gens de la frontière sont très méfiants, et ils ne veulent pas qu'on les prenne pour des étrangers. Ta maman parlera arabe avec ses camarades de travail, beaucoup sont palestiniennes ou syriennes. Et quand tu seras à Pollensa, c'est-à-dire très bientôt, tu verras que ça sera comme avant.

» Jamil se calma un peu, mais je voyais qu'il m'examinait avec dans le regard une vague inquiétude, comme s'il me découvrait. Nous finîmes notre café au lait et montâmes dans l'autobus qui démarra aussitôt. Nous arrivâmes à Figueras au début de l'après-midi, et j'emmenai Jamil goûter du riz aux fruits de mer dans une gargote que m'avait recommandée Ramón. Je fus étonné de l'habileté du petit garçon à décortiquer les langoustines et lui demandai où il avait acquis cette science que seuls possèdent vraiment les habitants de la côte. Il m'expliqua que sa mère avait travaillé à Perpignan dans un restaurant spécialisé dans les fruits de mer : elle lui avait appris à éplucher les crevettes et les langoustines qu'elle lui rapportait en cachette de son travail. Quand vint le moment de prendre le train, nous nous rendîmes directement à la gare. L'express de Barcelone avait deux heures de retard. Je me dis qu'il était plus prudent de ne pas aller nous promener sans' but dans les rues de Figueras. La salle d'attente était pratiquement vide. Nous nous assîmes sur un long banc d'un inconfort spartiate, et Jamil se remit à me poser des questions sur Majorque et Pollensa. Je répondis à toutes avec une patience que je ne me connaissais pas, en essayant de ne pas lui donner trop d'illusions sur les joies de l'endroit, mais sans trop insister non plus sur la précarité de notre logis. Quand le train entra en gare, Jamil me prit la main :

» — Allons-y, Gabier, c'est notre train. Je suis pressé d'arriver à Pollensa.

» Il prononçait "Pollentsa" et je n'ai jamais pu le corriger. Nous montâmes dans le train, et je lui expliquai que nous devions encore faire le trajet de Barcelone à Majorque par le ferry. Il se rendormit dans mes bras. Je devais le tenir avec une maladresse évidente, car une femme assise en face de nous me sourit d'un air attendri. Nous arrivâmes à Barcelone à la tombée de la nuit. Jamil s'était réveillé un peu avant que le train n'entre en gare de France. Nous prîmes un bus qui nous conduisit au port. Le ferry partait le soir même à huit heures. Nous nous installâmes dans l'étroite cabine qui nous revenait. Jamil ne voulait plus dormir et m'emmena sur le pont pour assister à l'appareillage. En attendant, il s'extasia devant le spectacle du va-et-vient des bateaux dans le port et suivit avec attention les manœuvres de plusieurs grands paquebots et de quelques cargos qui partaient pour les quatre coins du monde. Sa fascination pour la mer était évidente et j'en étais très ému. Son regard inquisiteur enregistrait tous les détails, et il écoutait attentivement les informations qu'exigeait sa curiosité insatiable. J'imaginais comment Bashur aurait réagi à cet intérêt de son fils pour les choses de la mer. Je finis par obtenir qu'il vienne dîner avec moi, après quoi nous regagnâmes notre cabine pour nous coucher. Jamil se réveillait tout le temps, car il ne voulait pas manquer l'entrée du ferry dans le port de Palma. Quand nous cognâmes le quai, il ouvrit les yeux et exprima sa frustration de ne pas avoir assisté à la manœuvre d'amarrage.

» Mossèn Ferrán nous attendait à Palma. Je me souviens de ses premiers mots :

» — *Quin nen mes maco.* On dirait un prince héritier voyageant incognito.

— C'est bien l'impression que j'ai eue, expliqua Mossèn Ferrán à ma femme. Je m'en souviens comme si c'était hier. Jamil est un enfant à part. Ce sont des réactions de grand-père qui vous viennent comme ça, sans qu'on s'en rende compte.

Ma femme sourit, amusée par la fougue du curé historien.

Le soir venait, et le coucher du soleil, presque excessif dans le déploiement de ses teintes orange et lilas d'une variété délirante, nous imposa une pause respectueuse. Quand cette orgie de couleurs se fut fondue en un rouge violacé, lentement envahi à son tour par des gris qui rappelaient les paysages du Greco, Maqroll fut le premier à reprendre la parole :

— J'ai peur que cette histoire ne soit trop longue. Je dois vous avoir fatigués.

— Pas du tout, répondit ma femme. Je meurs de curiosité. Je veux savoir la suite : qu'est-il arrivé à Jamil ? Quelle a été sa vie à Pollensa ? Si doña Mercé n'y voit pas d'inconvénient, je propose que nous restions ici jusqu'à la fin de votre récit.

Mossèn Ferrán et moi appuyâmes la proposition. Le prêtre alla parlementer avec la patronne. Il revint au bout d'un moment : doña Mercé nous faisait dire de ne pas nous inquiéter. Elle viendrait dès qu'elle le pourrait nous offrir de quoi calmer notre faim. En attendant, elle nous envoyait un superbe pot de sangria où flottaient des morceaux de pêches et des fraises de son jardin dont Mossèn Ferrán fit l'éloge enthousiaste.

Pendant ce temps, Maqroll laissait errer son regard sur l'horizon où descendait la grande nuit de la Méditerranée. Je percevais la mélancolie qui le rongeait profondément, l'abîme de doute et de chagrin dans lequel il était certainement plongé depuis son enfance, cette enfance qu'il avait voulu oublier et que le contact de Jamil avait réveillée en lui rappelant des souvenirs d'un paradis qu'il croyait perdu. Il était visible que le fait de nous raconter son histoire allégeait un peu son supplice.

— Aujourd'hui, continua-t-il, j'en viens à me demander si toutes ces années d'existence sur la mer et d'incursions aussi mouvementées qu'absurdes à l'intérieur des terres n'ont pas contribué pour une bonne part à ce rejet, ou mieux, à cette amputation d'une expérience que la vie avec Jamil est venue me révéler. Vous vous souvenez – ici, il se tourna vers moi – du journal que j'ai rédigé au cours de ma remontée du Xurandó à la recherche de ces foutues scieries qui se sont évanouies comme dans un cauchemar : j'y parle de ces instants de la vie où nous nous disons que le coin de la rue que nous n'avons jamais tourné, la femme que nous ne sommes jamais revenus chercher, le chemin que nous avons quitté pour en prendre un autre, le livre que nous n'avons jamais terminé, tout cela s'accumule pour finir par former une vie parallèle à la nôtre et qui, d'une certaine manière, nous appartient aussi. Eh bien, c'est une bonne partie de cette existence laissée de côté qui est remontée d'un coup, dès que j'ai eu Jamil près de moi. A ce moment-là, ce courant parallèle est venu se confondre avec celui de la vie réelle. Et quand, ensuite, il a repris son cours antérieur, il m'a laissé défait et désorienté. Vous devez comprendre cela mieux que personne.

C'était bien dans le caractère du Gabier de se lancer ainsi dans ce genre de considérations avant de poursuivre ses récits. Il éprouvait le besoin de mettre de l'ordre, au plus profond de son être, dans la matière turbulente de ses jours, dans le chaos ingouvernable que ses aventures et ses souffrances maintenaient en permanente ébullition. Je me rappelle ses propos, un jour que j'étais allé le tirer d'une entreprise inavouable à l'embouchure du Mississippi, après une nuit orageuse de bourbon et de mulâtresses dans un port minable de Grande-Ile dont j'ai oublié le nom :

« Le seul ordre en lequel nous puissions avoir confiance, m'avait-il dit alors, le seul qui soit certain et définitif, c'est celui de la mort. Cela, bien sûr, nous le savons tous. Mais l'astuce consiste à continuer à vivre et à essayer de ne pas avoir de relations avec elle. Quand la mort nous invite, il faut lui tourner le dos. Non par peur, mais avec la certitude que ce n'est pas nous qui l'intéressons : tout juste notre pauvre carcasse, notre chair dont elle nourrit ses légions. En elle, pourtant, réside l'ordre, oui, le seul ordre vrai. Ne l'oubliez pas, ne l'oubliez jamais », répétait-il, sa main cramponnée à mon bras qu'elle secouait avec un désespoir aveugle. Cet épisode me revint en mémoire, ce soir-là, à Pollensa, sous le ciel des Hellènes, le ciel des princes omeyyades, le ciel qui assiste à la lente chevauchée du condottiere Giudoriccio da Fogliano dans le palais public de Sienne.

Maqroll reprit donc son récit :

» Ce fut ce que j'avais le plus redouté qui fit le plus plaisir à Jamil : le désordre et la pauvreté de mon refuge dans les chantiers. J'étais persuadé qu'ils le déconcerteraient, or ils furent pour le petit garçon une source d'amusement inépuisable. Nous y arrivâmes après un long trajet dans le taxi de notre curé. Celui-ci nous accompagna aux chantiers en faisant de son mieux pour modérer l'excitation de notre nouvel hôte. Dans le regard qu'il nous jeta en nous quittant, je lus la crainte d'une réaction de Jamil devant le délabrement de l'endroit. Ce dernier gravit à la vitesse du vent l'escalier branlant qui menait à mon logis, jeta la valise et ses affaires sur le lit et courut ouvrir la fenêtre pour regarder la mer. L'étendue d'eau qui reflétait la phosphorescence du ciel nocturne agit sur lui comme un sortilège hypnotique. Pendant ce temps, je m'employai à lui aménager un lit provisoire avec des planches et deux caisses pleines de papiers, comme je l'avais déjà fait à l'occasion de la visite d'un vieux camarade d'aventures dans l'Asie centrale qui était venu me rendre visite. Puis je voulus convaincre Jamil d'abandonner son observatoire pour se reposer après ce voyage mouvementé. Il finit par céder, mais non sans me demander, une fois glissé sous les couvertures :

» — Qu'est-ce qu'on va faire demain ?

» Je ne sus d'abord que répondre à une question aussi comminatoire et aussi concrète. Mon travail consiste à surveiller les chantiers, à empêcher que les voisins n'achèvent le démantèlement de ce qui reste des installations. Je passe mes interminables heures d'oisiveté à lire, la plupart du temps les ouvrages que me prête Mossèn Ferrán, et à reconstruire dans ma mémoire un passé qui défile comme s'il avait été vécu par un autre dont je sens, parfois, qu'il n'a rien de commun avec celui que je suis aujourd'hui. Jamil attendait, sans me quitter des yeux. Enfin, j'eus une idée :

» — Demain, on va pêcher.

» — Où ça ?

» — Ici, sur le quai en face des chantiers, risquai-je prudemment.

» — Il y a des poissons ? Beaucoup ?

» — Ça... On verra demain, répondis-je, un peu plus sûr du chemin que je venais d'inventer. Je n'y ai jamais pêché, mais on aperçoit les poissons du haut du quai.

» — Oui, on verra demain. S'il y avait des poissons, tu en aurais déjà pêché.

» — Il y en a. Je les ai vus. Il y en a toujours. Et maintenant, on dort, rétorquai-je avec une autorité précaire.

» Le lendemain, nous nous réveillâmes tard. Jamil m'aida à préparer le café au lait et le pain grillé généreusement tartiné de marmelade dont Lina m'avait dit qu'ils constituaient son petit déjeuner favori. Je pris comme d'habitude du thé avec des tranches de pain noir sous le regard réprobateur de Jamil, lequel avait pour le thé une répugnance qui ne s'accordait guère avec les goûts de ses aïeux du désert. Nous partîmes pour le village en quête de cannes à pêche. Mossèn Ferrán nous pourvut du nécessaire et nous revînmes au quai. Les planches disjointes par lesquelles il se terminait nous servirent de banc, et nous n'eûmes plus qu'à attendre une surprise incertaine. Mon maniement de la canne ne devait pas être très convaincant car, au bout d'un moment, Jamil se moqua de ma maladresse :

» — Mais dis donc, Gabier, tu sais pas pêcher. Qu'est-ce que tu faisais, alors, sur les bateaux, quand tu étais petit ?

» Je lui expliquai que sur les bateaux, quand j'étais petit, je n'avais jamais eu le temps de pêcher. "Il fallait que je monte à la flèche du plus grand mât et que je crie à l'équipage ce que je voyais à l'horizon. Sur les bateaux, chacun a son travail : il ne reste guère de loisirs. Et quand on pêche, c'est avec des filets : c'est un travail très dur."

» Je me lançai dans une longue explication sur la manière dont on pratiquait cette pêche et lui racontai que j'avais été patron d'un chalutier avec un marin norvégien qui avait été mon ami. Le regard de Jamil hésitait entre l'admiration et le scepticisme. Sur ce, un poisson mordit à son hameçon. Je l'aidai à le remonter en actionnant le moulinet pendant qu'il tenait la canne à deux mains. Ses yeux brillaient de satisfaction, et il prononçait en arabe des exclamations de joie. La prise était une bête comme on en voit peu : un poisson de presque trois kilos. Je nepus lui en dire le nom, ce qui ne renforça guère mon prestige de pêcheur. Pour me consoler, Jamil m'affirma avec beaucoup de sérieux :

» — Tu auras plus de chance cet après-midi, Maqroll. Maintenant, on va porter ce poisson à Mossèn Ferrán, et il le fera cuire pour le déjeuner.

» Je lui expliquai que, *primo*, je n'étais pas sûr que la bête soit mangeable et que, *secundo*, Mossèn Ferrán était un monsieur très occupé, chez qui on ne débarquait pas comme ça, à l'improviste. Jamil insista et nous allâmes chez notre ami.

Ici, le prêtre jugea bon d'intervenir :

— Ma cuisinière n'a pas pu préparer la bête, car elle n'était pas comestible. Quand Jamil vit jeter à la poubelle le produit de la première pêche de sa vie, il ne put retenir ses larmes et nous eûmes beaucoup de mal à le consoler.

Maqroll s'étant de nouveau perdu dans une de ses

absences coutumières, nous attendîmes qu'il revienne à son récit :

— La pêche sur le quai devint notre principale activité. D'autres poissons succédèrent au premier, comestibles ceux-là, et il fallait voir le regard fier de Jamil quand l'un d'eux constituait le plat principal, à la table de Mossèn Ferrán.

» Bientôt, nous nous aventurâmes sur une des deux barques qui restaient dans les chantiers et que je réussis à réparer. J'y installai un mât et une voile, et nous nous lançâmes dans l'exploration de la baie, en quête d'emplacements poissonneux. J'appris au petit garçon à tenir le cap en réglant la voile, et il était fou de joie. Du coup, mes actions remontèrent et firent oublier mes piètres performances de pêcheur. Nos jours s'écoulaient sur un rythme paisible, continuellement peuplés des petits incidents de nos exploits de navigateurs et de pêcheurs dans la baie de Pollensa. Je pensais souvent aux tempêtes que j'avais affrontées, au temps de mes campagnes de pêche en Alaska, et aux naufrages que j'avais frôlés de près sur une mer glacée dont les colères sont la terreur des marins.

» Nous recevions régulièrement d'Allemagne des lettres de Lina que Jamil m'écoutait lire avec une attention et un sérieux de grande personne. Il me demandait de répéter certains paragraphes où elle racontait des épisodes de sa vie à Brême en cachant, bien entendu, les peines et les difficultés qu'elle devait rencontrer dans l'une des villes les plus noires et les plus dures que j'aie connues. Jamil voulait toujours que nous répondions sur-le-champ. "Il ne faut pas qu'elle attende trop longtemps de nos nouvelles", m'expliquait-il, comme pour s'excuser de son exigence. Il me parlait tout le temps d'elle et de leur vie dans les pays où ils avaient habité.

» Il s'était construit une image de son père à partir de ce que lui en disait sa mère et des fables qu'il tissait lui-même autour de sa vie de marin. Un jour, je décidai de lui tracer un portrait le plus fidèle possible d'Abdul, et il m'écouta avec un vif intérêt mêlé d'un léger scepticisme. Je m'efforçai d'être aussi franc que je le pouvais, tout en passant rapidement sur certains épisodes que le petit garçon aurait eu du mal à comprendre. Je lui parlai de l'obsession de son père, de son désir de posséder le cargo idéal dont il connaissait par cœur les proportions, la ligne et les spécifications techniques, et je lui racontai comment il n'avait jamais pu réaliser ce rêve. J'insistai particulièrement sur ses qualités d'ami fidèle, toujours prêt à partager avec ceux qu'il aimait les dangers et les épreuves dont le sort les accablait. Les jours passant, je pus me rendre compte que Jamil avait ajouté les détails de ma description aux fables qu'il avait imaginées et qu'il considérait comme aussi réelles que mon témoignage. La chose était sans remède et je préférai laisser le tout en l'état. Je me disais que Bashur aurait été très heureux des inventions de Jamil. Lina avait certainement eu raison de lui parler de lui comme elle l'avait fait. La vie se chargerait bien assez tôt de montrer à Jamil la véritable image de son père, conservée avec dévotion par ses amis et ses parents aux quatre coins du monde.

» C'est ainsi que commença pour moi une nouvelle vie : chaque heure du jour et de la nuit était habitée par cet être à qui je faisais découvrir le monde en le tenant par la main, et qui me donnait en même temps une leçon que je croyais pourtant savoir depuis toujours. C'était comme revenir au dialogue secret avec les oracles. Jour après jour mon étonnement augmentait, devant l'assurance tranquille avec laquelle Jamil étendait son empire sur tout ce qu'il découvrait. Mon refuge se remplit d'objets des plus insolites qui, une fois ramassés et rangés par Jamil, acquéraient un pouvoir d'évocation magique. Coquillages de toutes formes et de toutes tailles, bouteilles et bouts de bois abandonnés par la mer sur la plage, squelettes d'oiseaux et de poissons découverts dans les creux de rochers, fragments de cordages et lambeaux de voiles, objets métalliques impossibles à identifier et même lettres de l'alphabet clouées sur des planches décolorées. Jamil se servait de toutes ces choses pour inventer une histoire qui leur donnait une présence et une valeur indiscutables. La nuit, à la lumière de la lampe Coleman qui éclairait notre logis, le petit garçon passait ses trésors en revue et me répétait l'histoire de l'un ou de l'autre en l'enrichissant toujours de nouvelles et surprenantes variations. Une fois, en me montrant un bout de câble teint en pourpre, il m'expliqua :

» — C'est avec cette corde qu'on a pendu un pirate qui voulait s'emparer d'une île et qui a tué tous les habitants. Il n'avait même pas pitié des enfants. On a envoyé des bateaux de guerre pour l'attraper, on l'a trouvé, et on l'a pendu au grand mât du navire amiral. Tu sais comment il s'appelait ? Le Léopard Furieux.

» Je me risquai à lui demander d'où il tirait son savoir concernant les pirates et les navires amiraux. Il me répondit qu'il m'avait plusieurs fois entendu parler avec Mossèn Ferrán de pirates et d'une île appelée Cécile. "Sicile", corrigeai-je. Je pus ainsi me rendre compte que Jamil avait assimilé à sa façon mes conversations avec Mossèn Ferrán sur les incursions des almogavares, et qu'il avait également feuilleté certains des livres sur la question que me prêtait notre ami, dont les illustrations alimentaient certainement son inspiration.

» Les objets arrachés par Jamil à la mer ne pouvaient en aucun cas être déplacés. Un jour que, dans un moment de distraction, je tentais de le faire, je reçus une sévère réprimande. La raison invoquée me laissa rêveur :

» — Si tu les changes d'endroit, ils ne sauront plus où ils sont. Tu vas les séparer de leurs amis et les forcer à vivre avec des inconnus.

» Avec le temps, les lois secrètes qui régissent le monde de l'enfance cessèrent de m'étonner. Ma complicité finit par être absolue – comme l'avait été ma complicité avec son père – et, bientôt, nous n'eûmes même plus besoin d'expliciter le pourquoi de choses que nous entreprenions toujours de concert et dans un climat que nous étions seuls à partager. Je devais souvent faire un effort pour me souvenir qu'il s'agissait d'un enfant qui n'avait pas cinq ans, et non d'un adulte de presque quarante ans – l'âge de son père lors de notre première rencontre au Caire. Le parallélisme était encore accentué par certains gestes de Jamil qui, comme je l'ai dit, rappelaient ceux d'Abdul. Une façon de lever le bras et de le garder en l'air pour prononcer une phrase qu'il voulait souligner, les mouvements de ses mains en désaccord avec ses paroles, qui donnaient parfois l'impression que quelqu'un se tenait caché derrière lui pour commander ses gestes dans un but secret, et enfin l'habitude de laisser certaines phrases sans conclusion et de rester un moment sans parler. Les jours passaient dans une quiétude que rien ne troublait, et Jamil acquit un air de bonne santé, un aspect beaucoup plus vigoureux que lorsque je l'avais vu pour la première fois à Port-Vendres.

» Un jour arriva une lettre de Lina dans laquelle l'optimisme et la résignation dont elle faisait preuve jusque-là avaient cédé la place à un ton plus sombre et plus las. Elle travaillait dans une usine de produits chimiques de la banlieue de Brême, et partageait avec la blonde Asunta et deux Portugaises une petite chambre dans un quartier ouvrier sordide à l'autre bout de la ville. Le loyer était plus cher que prévu, le salaire amputé d'importantes cotisations syndicales et de retenues pour les assurances. De plus elle était payée à la tâche : souvent, la fatigue et les refroidissements fréquents dus au climat de Brême ne lui permettaient pas de gagner ce qu'elle avait prévu dans ses calculs. Elle était toujours décidée à réunir la somme qui lui permettrait d'aller au Liban sans être un poids pour les Bashur et particulièrement pour Warda, qui vivait dans une austérité dictée par sa volonté de contribuer de toutes ses forces aux œuvres de bienfaisance pour lesquelles elle travaillait. Lina estimait qu'il lui faudrait rester là-bas un an de plus pour y parvenir. En ce qui concernait Jamil, elle se disait rassurée de le savoir entre mes mains et celles de Mossèn Ferrán envers qui, sans le connaître, elle nourrissait une immense gratitude pour la façon dont il avait accueilli son enfant. Elle me demandait de lui envoyer dans mes lettres davantage de détails sur le petit garçon, ses progrès et ses jeux, et elle me recommandait de ne pas laisser passer un jour sans lui parler de sa mère. Elle avait expédié cette lettre à l'adresse de Mossèn Ferrán, comme toutes les autres, mais sans faire figurer mon nom sur l'enveloppe. Je n'en parlai pas à Jamil, car je savais que ces nouvelles lui auraient fait de la peine. Lina n'avait pas besoin d'insister pour que je maintienne vivantes en lui l'image et le souvenir de sa mère. Je l'évoquais constamment, et lui, de son côté, parlait d'elle à tout propos.

» Peu avant Noël, nous envoyâmes à Lina une photo de son fils sur les quais où nous pêchions. La prendre avait été toute une odyssée. Je ne m'étais jamais servi d'un appareil photographique et Mossèn Ferrán non plus. Par chance, nous trouvâmes un photographe dont le métier était de faire le portrait des touristes sur la plage. Quand je vis le cliché, je ne pus faire autrement que de me rappeler la photo d'Abdul enfant devant les débris de l'avion abattu au Liban par l'artillerie française. Les mêmes yeux, à la fois étonnés et attristés, les mêmes cheveux frisés en désordre. J'ai gardé un tirage de ce portrait de Jamil. Beaucoup de choses ont dû changer en moi car, vous vous en souvenez – et ici, Maqroll me regarda –, je n'avais pas voulu garder la photo d'Abdul que vous m'aviez jadis apportée : à l'époque, je vous avais répondu que les choses me filaient entre les mains. Aujourd'hui, je me dis qu'en possédant la photo de Jamil, c'est un peu comme si j'avais aussi celle de son père.

Le Gabier sortit la photo d'une poche de sa vareuse et nous la donna. Toute parole en cet instant était superflue. Quand nous l'eûmes regardée, il la remit en place, et nous vîmes passer sur son visage une ombre imprécise où se lisaient de la résignation mais aussi un peu de tendresse nostalgique. Mossèn Ferrán brisa le silence de sa voix de basse d'opéra :

— Quand nous avons su que la mère devait prolonger son séjour en Allemagne, j'ai proposé au Gabier d'inscrire l'enfant dans une école primaire financée par la paroisse avec l'aide de quelques personnes fortunées de Pollensa. Notre ami n'était pas convaincu de l'utilité de cette démarche. Je compris qu'il craignait que Jamil ne soit l'objet d'agressions de la part des autres enfants qui verraient en lui un étranger, et pire encore un Arabe. J'insistai, et Maqroll céda à contrecœur : il me demanda de ne pas présenter cette décision comme définitive, mais comme une simple expérience. Jamil accepta la proposition, tout en interrogeant à chaque instant Maqroll du regard pendant que nous lui exposions notre projet. Il demanda avec une certaine inquiétude ce qu'il ferait, lui Maqroll, pendant qu'il serait à l'école. Le Gabier balbutia je ne sais quelle explication confuse qui ne le convainquit guère. Les choses se passèrent d'abord sans complications majeures...

Le Gabier l'interrompit pour continuer son récit :

— Mais un jour, Jamil refusa de se rendre à l'école. « Je vais à la pêche avec toi », m'annonça-t-il sur un ton définitif. Je ne voulus ou ne pus le contrarier, et nous partîmes sur notre bateau pour gagner le milieu de la baie. La barque avait un coffre où Jamil rangeait ses instruments de pêche et quelques-uns des objets magiques qui lui servaient, selon ses dires, à éloigner les pirates et à attirer les poissons géants que nous ne manquerions pas d'attraper un jour ou l'autre. Pendant que nous laissions traîner nos lignes dans l'eau transparente où se promenaient des poissons parfaitement indifférents à nos hameçons, Jamil me raconta son expérience à l'école. Il ne voulait pas y retourner, car ses camarades se moquaient de son accent et le harcelaient en lui demandant si j'étais son père ou son grand-père, où vivait sa mère, si j'étais arabe moi aussi, et autres questions pénibles et offensantes du même style qui le rendaient terriblement malheureux. Je découvris à cette occasion que les habitants de Pollensa avaient tissé toutes sortes de légendes sur le gardien des chantiers et sur l'apparition inopinée de Jamil. L'une des versions les plus bénignes était que j'étais un forçat évadé d'un pénitencier du continent où je purgeais une condamnation pour traite des Blanches et trafics avec les anarchistes. Mais ce qui me fit le plus rire, ce fut cette autre version que me rapporta Jamil, lequel, d'ailleurs, se demandait sérieusement s'il ne devait pas y croire : j'étais l'héritier légitime du roi d'Oman, et je me cachais à Majorque parce que j'avais assassiné un de mes frères qui était le favori de mon père. Naturellement je remis immédiatement les choses en place en assurant à Jamil que tout cela n'était que des racontars, particulièrement la dernière histoire dont je voyais bien qu'il n'aurait pas été mécontent qu'elle ait quelque chose de fondé, car elle venait conforter ses propres inventions de pirates et de trésors cachés. Je ne réussis pas à le convaincre de retourner à l'école, mais il s'appliqua de toutes ses forces à apprendre à lire avec moi, tâche pour laquelle je n'étais guère préparé, même en tenant compte d'une patience tout nouvellement acquise. De son passage à l'école, le petit garçon garda la conscience d'être un étranger et d'être marqué par quelque chose d'anormal dans sa condition sociale. Les deux choses laissèrent en lui une empreinte douloureuse : il n'aimait pas en parler directement, mais il y faisait souvent allusion et me posait des questions plus fréquentes encore qu'avant sur son père et la famille de celui-ci. Il devint plus avide de précisions à propos des histoires que je lui racontais sur nos aventures, et je dus redoubler de prudence pour cacher les innombrables occasions où nous avions dû, Abdul et moi, vivre en marge de la loi. Quand cela se révélait impossible, j'essayais de relativiser les faits, de manière à ce que nous n'apparaissions pas comme de vulgaires malfaiteurs. Les années se chargeraient de lui enseigner l'irréparable relativité des codes et l'application abusive que savent en faire les hommes. A travers mes récits, l'image d'Abdul Bashur devenait plus présente dans l'esprit de Jamil, et je voyais sa personnalité acquérir des traits plus originaux et plus accusés.

— J'en suis témoin, confirma Mossèn Ferrán. Le Gabier avait réussi à former un vrai petit Maqroll : il se promenait dans les rues de Pollensa avec un air de grand seigneur et de monsieur je-sais-tout qui attirait l'attention de tout le monde, même des touristes nordiques hébétés qui, sur son passage, se réveillaient de l'anesthésie où les plongeait leur station sous le soleil.

Maqroll sourit aux paroles du prêtre :

— Je pense plutôt avoir réussi, par mes efforts, à faire que Jamil puisse intégrer sa famille libanaise en possession d'une personnalité bien à lui. Je sais que ces calculs d'adulte à propos de l'enfance se soldent souvent par des échecs. Mais je ne crois pas qu'il en ait été ainsi pour Jamil. Vivre avec lui, partager sa découverte du monde, sentir de près cette énergie secrète et entraînante que chaque enfant porte en lui et qui lui permet de conquérir sa place parmi les grands, tout cela a progressivement modifié mon idée de l'homme. J'avais toujours été convaincu qu'il n'y a pas grand-chose à espérer de nos semblables, qui constituent probablement l'espèce la plus nuisible et la plus inutile de la planète. Je continue à le penser, et chaque jour qui passe renforce cette certitude, mais je ne ressens plus le dégoût et l'amertume qui me torturaient ; j'éprouve aujourd'hui quelque chose que je définirais comme une tendresse indulgente. Je me dis qu'un autre chemin leur était destiné, tout à fait différent de celui qu'ils ont choisi quand ils sont devenus adultes. Ce changement en moi a suffi à me faire accepter mon sort, à me convaincre de rester à Pollensa, en marge de tout et en paix, sans me lancer encore une fois dans des défis semblables à ceux qui ont fait de ma vie passée une succession délirante de malchances. Finies les scieries du Xurandó, finie la remontée du fleuve avec un capitaine alcoolique et un Indien louche. Rien ne me fera répéter l'expérience d'un bordel de pseudo-hôtesses de l'air, que ce soit à Panama ou ailleurs. Aucune raison ne m'obligera plus à m'enterrer vivant dans les mines abandonnées de la Cordillère à la recherche d'un or qui m'a toujours filé entre les doigts. Il n'est pas facile d'établir un lien entre la révélation qu'a constituée pour moi le fait de vivre avec Jamil et la disparition de mon délire d'errances. Mais ce qui est certain, c'est que je suis parvenu à tout accepter paisiblement, par le seul exemple de cet enfant que je voyais entrer dans l'obscur dédale que tissent les hommes avant de finir en un petit tas de cendres et que, par convention, nous appelons la vie, en simplifiant les choses de façon lamentable, comme toujours. Je ne sais ce que deviendra Jamil. Ce dont je suis sûr, c'est que ce temps vécu en sa compagnie a eu sur moi un effet salvateur et que, si cette expérience ne m'a pas transformé en un autre homme, elle a fait de moi un spectateur résigné de notre combat avec les ombres, dont la seule dignité consiste à savoir préserver l'enfant que nous avons été un jour.

— Je crois, fit observer Mossèn Ferrán, que vous l'êtes toujours resté. Seulement vous ne le saviez pas. Aujourd'hui, vous l'avez compris. Cet enfant qui survivait en vous est celui qui a su comprendre et aimer Jamil, et c'est ce qui l'a sauvé.

Maqroll se replongea dans une de ses absences, sans rien ajouter. La nuit était tombée à notre insu. Mossèn Ferrán nous invita à l'accompagner dans sa demeure : une légère collation nous y attendait : le Gabier pourrait y poursuivre son récit tranquillement. Nous acceptâmes avec plaisir. Doña Mercé refusa tout paiement pour le repas. Avec des mots d'une délicatesse d'un autre temps, elle nous fit comprendre que nous avions été ses invités, et qu'elle avait voulu honorer le Gabier et ses amis.

Dans les rues de Pollensa faiblement éclairées par les

lampadaires publics mais baignées par la lumière laiteuse de la pleine lune, j'eus l'impression qu'en nous emmenant chez lui, le curé ne souhaitait pas seulement que nous écoutions la fin de l'histoire de Jamil et du Gabier, mais qu'il avait très envie de nous montrer sa bibliothèque. Il connaissait ma passion pour les sujets qui l'occupaient et en particulier pour l'histoire de l'île, et il espérait sûrement me surprendre. Nous arrivâmes à la petite église qui avait perdu au cours de restaurations successives toute trace de son style primitif, que je supposai roman tardif. Le rectorat, comme on dit là-bas, était collé à l'église, et rien ne le différenciait des maisons d'un âge indéterminé qui formaient le quartier du port. Nous nous installâmes dans le bureau de Mossèn Ferrán, une vaste pièce dont les murs tapissés de livres ne laissaient qu'un étroit espace libre où se trouvait une niche en pierre contenant un beau crucifix d'ivoire, certainement sculpté aux Philippines au XVIIe siècle. Une servante silencieuse, d'un âge avancé et de type franchement mauresque, nous apporta un plateau avec une bouteille d'apéritif et quatre verres en cristal ornés de dessins de couleur. Mossèn Ferrán m'invita à parcourir les rayons de sa bibliothèque. En effet, il abritait là d'authentiques trésors, presque tous consacrés à l'histoire du royaume de Majorque. Parmi ceux, nombreux, que j'ai admirés, il y avait l'édition en catalan de 1562 de la *Crónica* de Ramón Muntaner ; une autre, plus ancienne encore, du *Llibre dels feits* sur le roi Jaime Ier ; et, naturellement, je ne pouvais manquer de trouver là l'œuvre complète du grand byzantiniste français du siècle dernier, Gustave Schlumberger : c'est elle, je l'avoue, qui m'inspira le plus d'envie, parmi tous les trésors accumulés par l'ami de Maqroll au cours d'une vie paisible de chercheur et de pasteur des âmes, deux activités qui pour antithétiques qu'elles soient n'en sont pas moins également riches en occasions d'explorer les abîmes du cœur et les labyrinthes de la mémoire. Je fis part à notre hôte de mon émerveillement, et l'homme ne put retenir un large sourire de satisfaction. Le Gabier m'avait accompagné dans ma promenade le long des rayons. Ses commentaires montraient que nombre de ces livres lui étaient déjà familiers. Nous regagnâmes nos fauteuils, et Mossèn Ferrán fit étalage de sa connaissance d'une des périodes les plus décisives et les plus obscures de l'histoire de la Méditerranée. Ses idées originales, fondées sur une solide érudition, me révélaient la face cachée de celui qui se présentait comme le modeste curé d'un port majorquin. Après ces savantes considérations, Mossèn Ferrán fit un signe au Gabier, comme pour lui indiquer que la parole lui revenait.

— C'est ici, commença Maqroll d'une voix opaque et monocorde, que j'ai réussi à oublier presque tout ce qui était oubliable dans ma vie, et que j'ai appris ou me suis rappelé des choses qui m'ont aidé à peupler une solitude dont je ne me plains certes pas. Je ne sais combien de fois nous nous sommes embarqués ici, mon ami et moi, retranchés du monde au milieu de son admirable collection, pour évoquer les violences des Angevins à Majorque, des détails inconnus de la vie de Roger de Lauria, et l'incertitude qui plane sur les actions de don Jaume le Conquérant. Quand Jamil était là, il dormait souvent dans un de ces fauteuils, car il refusait de rester seul dans ma tanière et je devais rentrer en le portant dans les bras, bien après minuit.

Mossèn Ferrán sourit de nouveau, en savourant son apéritif. Je dois reconnaître que celui-ci, qui n'a jamais été ma boisson préférée, avait cette fois des qualités plus qu'honorables. Je regardai Maqroll que je savais habitué à des liquides plus forts et plus ardents ; il me répondit par une expression d'approbation et leva son verre en direction de ma femme. Puis, le gardant dans sa main, il revint au cœur de son histoire :

» Six mois s'étaient déjà écoulés depuis notre arrivée, et Jamil faisait désormais complètement partie de notre vie. Sans que nous l'ayons vraiment voulu ainsi, celle-ci suivait une routine à peu près immuable. Après le petit déjeuner et un plongeon dans la mer pour dissiper le sommeil, leçon de lecture et d'écriture selon un système inventé par ma bonne volonté sans faille mais fort inexperte. Sortie sur le voilier pour pêcher, ou courses au village pour faire quelques achats indispensables et passer à la poste. Retour dans nos quartiers pour essayer divers changements dans l'ordre des objets réunis par Jamil avec de secrets desseins magiques. Préparation du repas, à laquelle Jamil tenait à prendre part en mettant la table et en goûtant mes essais culinaires, frugaux et répétitifs. Lecture à haute voix des aventures de *Tiran le Blanc* ou d'un chapitre de *don Quichotte*, livre qui procurait à Jamil un plaisir indescriptible. Nouvelle sortie en mer pour enseigner quelques règles élémentaires de la navigation. Jamil avait déjà appris à tenir la barre de toute la force de ses petits bras, et cela l'amusait beaucoup. Je venais à son aide dans les moments difficiles, sans qu'il se sente pour autant dépossédé de la manœuvre. A la tombée de la nuit, soit nous allions rendre une petite visite à Mossèn Ferrán, soit nous montions nous réfugier dans mon logis pour préparer le dîner et revenir à la lecture. Jamil n'aimait pas beaucoup la conversation. Il savait rester silencieux de longs moments, au cours desquels il faisait probablement travailler son imagination et sa fantaisie, toujours tournées vers la mer, nourries des livres que je lui lisais et des histoires dont je censurais, comme je l'ai dit, les parties qu'il valait mieux lui laisser ignorer pour l'instant. A mesure que les mois passaient, le petit garçon, s'il parlait toujours de sa mère et attendait ses lettres avec impatience, s'éloignait de plus en plus de l'atmosphère dans laquelle il avait vécu et s'adaptait avec une familiarité parfaite à notre existence à Pollensa. Malgré ses silences, il conservait toujours sa bonne humeur, son ton moqueur et enjoué pour écouter mes observations ou mes histoires : là encore, il me faisait penser à son père. Comme Abdul, il avait ce goût de tout connaître, cette envie de tout essayer dans une joyeuse plénitude. Souvent ses commentaires et ses réponses me faisaient rire, comme je ne me souvenais pas d'avoir ri depuis longtemps.

» Mais un matin, Jamil se réveilla très abattu. Il se sentait fatigué et se plaignait de douleurs aux jambes. Son front était brûlant de fièvre. Je m'habillai en hâte et allai prier Mossèn Ferrán de trouver un médecin. Vous savez qu'en ce qui me concerne, les maladies m'ont presque toujours surpris dans les endroits les plus inhospitaliers et que, pour me soigner, j'ai dû souvent recourir à des remèdes administrés par des gens qui n'avaient pas la moindre notion de médecine. A Pollensa, je n'avais jamais eu à faire appel à un docteur. Mossèn Ferrán me conduisit chez un de ses amis, un médecin retraité qui n'exerçait plus depuis des années. Celui-ci nous accompagna aux chantiers et, après un examen détaillé, diagnostiqua une fièvre maligne. Le terme plutôt imprécis ne fit que nous inquiéter davantage. Jamil délirait, il murmurait des mots entrecoupés et appelait sa mère en arabe. Le médecin nous fit signe de sortir et, sur le seuil du hangar, nous conseilla de mener l'enfant à la clinique de Pollensa pour des examens de laboratoire qui établiraient l'origine de la fièvre. Une méningite était possible, avec ses conséquences bien connues. Mossèn Ferrán était un familier de la clinique où il allait, quand il le fallait, administrer les derniers sacrements aux malades à l'agonie. Nous prîmes congé du docteur et partîmes à la recherche du neveu chauffeur de taxi pour transporter Jamil. Une fois à la clinique de Pollensa, nous attendîmes le résultat des analyses. Une angoisse incontrôlable m'envahissait. Mossèn Ferrán essayait de me tranquilliser sans y parvenir, et ma panique ne fit qu'augmenter avec les heures. Je n'avais jamais souffert de la sorte. Certes la perte d'amis inséparables et de femmes que j'avais aimées a constitué des épreuves dévastatrices. Mais il me restait toujours alors, caché quelque part au plus profond de mon être, une zone indemne d'où coulaient encore les forces qui me permettaient de continuer. Aujourd'hui, c'était comme si un mécanisme intérieur s'était emballé en m'empêchant de réfléchir et de vaincre la panique qui me dominait. Quand le directeur de la clinique et son assistante, une doctoresse aux cheveux gris et au sourire aimable, vinrent nous trouver, après être restés un bon moment dans la chambre de Jamil, j'éprouvai comme une pulsion irrésistible, le besoin de faire appel à je ne sais quelles forces surnaturelles, à je ne sais quels dieux propices pour les supplier de préserver la vie du petit garçon. Je fus probablement entendu, car les nouvelles étaient rassurantes. La crise était passée et les méninges n'étaient pas concernées. Il s'agissait d'une infection rénale, prise, fort heureusement, dans sa première étape. Les rayons X avaient montré un diverticule dans les uretères où s'accumulait l'urine, qui était à l'origine de l'infection, donc de la fièvre. Un traitement d'un mois par des antibiotiques liquiderait ces symptômes. Il n'était pas question d'opération pour le moment, mais il faudrait l'envisager plus tard, quand l'enfant atteindrait douze ou treize ans. Mon visage devait exprimer une angoisse pathétique, car la femme posa sa main sur mon épaule et me consola dans un majorquin chantant. Elle aussi était grand-mère, elle comprenait ma peur, mais je ne devais plus me faire de souci : il était bien compréhensible que des grands-parents comme elle et moi soient particulièrement vulnérables, dans le cas présent cependant, il n'y avait aucune crainte à avoir. Je ne pus expliquer à la bonne dame la véritable nature de mes liens avec Jamil, et Mossèn Ferrán ne voulut pas davantage la tirer de son erreur. Je crois que, l'un comme l'autre, nous nous sentions plus proches de la condition d'aïeul que de celle de responsables transitoires de l'enfant.

» Nous entrâmes dans la chambre où le petit garçon nous fixa de ses grands yeux, avec un sourire plein de malice qui me combla de joie.

» — Je vais bien, dit-il. Les docteurs me l'ont dit. Ils parlaient majorquin mais j'ai tout compris. Ils vont me faire des piqûres et on retournera pêcher très vite.

» Il avait dit cela en arabe, puis il se tourna vers Mossèn Ferrán et le répéta en espagnol, en ajoutant qu'il voulait apprendre à parler correctement le majorquin. Le prêtre lui répondit qu'il y avait un temps pour chaque chose. Pour l'instant, il devait bien se soigner. Sur ce, il partit s'acquitter de ses obligations paroissiales, et je restai au pied du lit, assis sur une chaise qui grinçait dangereusement à chaque mouvement, ce qui déclenchait chez Jamil un fou rire inextinguible. La doctoresse revint à la tombée de la nuit et, me voyant en discussion animée avec le malade, me fit signe d'aller attendre dehors pendant qu'elle lui faisait la deuxième piqûre d'antibiotiques. En sortant, elle me dit qu'il fallait que l'enfant reste au calme et dorme le plus possible. Je pouvais partir l'âme en paix. Demain matin, je retrouverais à coup sûr un Jamil définitivement libéré de la fièvre et en pleine récupération. Quand j'allai lui dire bonsoir, le petit garçon dormait déjà calmement.

» Après une nuit blanche, je me présentai à la clinique de très bonne heure. Notre réduit m'avait paru d'une désolation insupportable. La femme avait vu juste : la fièvre était tombée et Jamil dormait toujours, avec une sérénité que je lui enviai. Je m'assis dans une petite salle d'attente qui se trouvait au rez-de-chaussée, à côté de l'entrée. Je restai là plusieurs heures, en proie aux images que ce lieu réveillait en moi et qui étaient toutes liées à la salle des urgences du sinistre docteur Pascot. Vers midi, une infirmière vint me dire que je pouvais monter voir mon petit-fils. Cette fois encore, il me parut inutile de dissiper l'équivoque. Je trouvai Jamil en train de regarder un magazine de la Seconde Guerre mondiale. Je m'approchai pour déposer un baiser sur son front, qui était frais et sans trace de fièvre. "Il n'y a plus d'avions comme ça", me fit-il observer, étonné, en me montrant une escadrille de Stukas portant la croix gammée sur leur fuselage. Je lui expliquai que les turbines avaient remplacé les hélices. Il me soumit immédiatement à un interrogatoire en règle sur la différence entre turbines et hélices. Mes connaissances aéronautiques ne le convainquirent pas tout à fait, surtout quand j'essayai de dessiner le plan d'une turbine ; là, son scepticisme devint total. Puis on lui servit son déjeuner, et je descendis dans un café proche pour avaler quelque chose. A mon retour, la doctoresse me dit que je pouvais reprendre Jamil le soir même, après sa piqûre. A la sortie, on me donnerait une ordonnance pour les médicaments que l'enfant aurait à prendre pendant les deux semaines qu'il devrait passer au lit, ou tout au moins sans quitter sa chambre ni faire d'exercices susceptibles de le fatiguer. A l'heure indiquée, Jamil s'habilla et je le pris dans mes bras pour le porter jusqu'aux chantiers. Cela ne lui plut pas et il voulut marcher, mais la femme lui expliqua que, pour le moment, c'était interdit. Je demandai la note, et on me dit que Mossèn Ferrán l'avait déjà réglée.

— Avec ce que gagne notre ami aux chantiers, fit remarquer le prêtre, il n'avait même pas de quoi payer la première piqûre. Je soupçonnais que le voyage à Port-Vendres avait fait fondre la totalité de ses maigres économies.

Maqroll marqua son approbation par un sourire indulgent et poursuivit :

— La convalescence de Jamil fut longue et j'eus plusieurs alertes. Au bout de quelques jours, aucun argument, aucune autorité n'arrivait plus à le convaincre qu'il ne pouvait pas aller à la pêche : il restait de longs moments la tête baissée et la mine sombre. Il se plaignit à diverses reprises de douleurs aux reins et à la tête. Je consultai la doctoresse qui me dit de ne pas en tenir compte : il s'agissait de séquelles normales, une fois la crise passée. Souvent, Mossèn Ferrán venait me relever dans mes fonctions d'infirmier et racontait à Jamil des histoires de la Bible et des Évangiles. Notre petit garçon se montrait parfaitement indifférent à ces leçons d'histoire sacrée.

— Je dois vous interrompre, mon cher Maqroll, s'exclama le prêtre, car ce n'est pas ça du tout. En réalité, je m'étais déjà rendu compte que Jamil avait reçu, sûrement par l'intermédiaire de sa mère, certains principes de base de la morale coranique qui avaient trouvé dans cet enfant un terrain plus propice que nulle autre doctrine. Je me suis donc dit que, pour le moment, mieux valait que Jamil soit un bon mahométan qu'un vague chrétien. Voilà pourquoi je n'ai pas beaucoup insisté. En revanche, Jamil était quasiment fasciné par tout ce qui concernait les croisades. La mort de Saint Louis roi de France lui faisait venir les larmes aux yeux. Il s'enthousiasmait aussi, comme de juste, pour l'épopée de Saladin.

— Quand j'essayais de continuer de raconter les épisodes des croisades, expliqua Maqroll, Jamil me disait : « Tu ne racontes pas aussi bien que Mossèn Ferrán. Lui, on dirait qu'il y était. » J'étais bien un peu blessé dans mon orgueil de narrateur, mais content tout de même de voir l'intérêt du petit garçon pour une époque qui me passionne.

Nous restâmes un moment sans parler. L'évocation de Jamil par ses protecteurs et amis avait fini par acquérir une telle intensité que nous avions l'impression que le fils d'Abdul allait nous apparaître, nimbé de la fragile phosphorescence des eaux de la baie. Maqroll brisa le silence, de sa voix de basse parcourue par instants d'un frisson de nostalgie et de douleur.

— Un matin que je veillais sur le sommeil de Jamil, dont la sérénité indiquait qu'il reprenait pleinement ses forces, il me vint soudain une espèce de certitude impossible à exprimer par des mots. L'idée que je devrais un jour me séparer de lui m'apparut inconcevable. Jamais personne n'avait fait aussi profondément et définitivement partie de mon existence que cet enfant qui faisait ses premiers pas dans le monde en le regardant de ses grands yeux aux aguets, habité par une grâce, une intuition de la vie et de ses méandres qui touchaient au miracle. En même temps, une autre voix me chuchotait que le destin de Jamil était auprès de Lina et de la famille de son père, et que sa mère viendrait bientôt le chercher en vertu d'une loi plus ancienne que le passage éphémère de l'homme sur la terre. Je pensai avec envie au privilège qu'aurait la belle Warda Bashur d'assister à la croissance et au développement de son neveu, si semblable, par tant d'aspects, à son frère Abdul. Un bref instant, ces deux voix s'affrontèrent. Mais Jamil devait partir avec Lina, c'était écrit depuis toujours. J'eus recours à ma vieille habitude d'accepter les desseins des puissances qui parlent du fond de ténèbres impénétrables. La douleur qui était montée jusqu'à ma poitrine et m'avait paralysé devant l'enfant se calma pour disparaître lentement, en me laissant dans cet état de prostration résignée qui a fini par me paraître si familier que je me dis souvent qu'il est ma condition naturelle. Je savais qu'ensuite la nostalgie reviendrait faire son travail ordinaire, pour que je me souvienne d'un bonheur qui n'était pas pour moi. Je connais bien tout cela.

» Le médecin ami de Mossèn Ferrán vint voir Jamil et dit qu'il pouvait reprendre la vie normale en suivant un régime : peu de sel, beaucoup de liquide et tout le soleil qu'il pourrait supporter sans en souffrir. Nous renouâmes donc avec notre existence antérieure, les longues journées de pêche, l'exploration des rochers en quête de trésors apportés par la mer et les soirées de lecture, soit dans notre logis, soit ici, dans la bibliothèque de notre ami. Jamil savait déjà écrire son nom et épeler quelques titres du journal de Palma que recevait la paroisse. En même temps, j'essayai de lui inculquer des rudiments d'écriture arabe, mais je n'avais pas de textes pour nous exercer. Plusieurs mois passèrent ainsi et, doucement, sans que nous ayons besoin d'en parler, la certitude de la venue de

Lina se mit à flotter dans l'atmosphère. Ses lettres avaient un ton moins pessimiste et, une fois, elle me demanda d'écrire à Warda Bashur pour lui dire qu'elle aurait bientôt réuni la somme qui lui permettrait d'aller au Liban et d'y vivre dans une relative indépendance. Jamil accueillait ces nouvelles avec un mélange d'impatience et de crainte : il voulait revoir sa mère et s'inquiétait de quitter la vie qu'il menait pour en affronter une nouvelle sur la terre de son père. Je le surprenais souvent en train de me regarder fixement, sans se soucier de sa canne à pêche abandonnée entre ses genoux. Il était évident que le petit garçon attendait que je lui dise quelque chose à propos de l'avenir immédiat qui le tracassait. Enfin, un jour, il se décida :

» — Tu viendras nous voir au Liban, hein ? Ça n'est pas loin, et puis tu as déjà fait le voyage plein de fois.

» — Oui, répondis-je, un peu désorienté par la soudaineté de la question. Je connais bien la route, car je l'ai souvent faite avec ton père. Bien sûr, j'irai te voir, et aussi tes oncles et tes tantes pour qui j'ai beaucoup d'affection, surtout ta tante Warda.

» — Et là-bas, on pourra aller tous les deux à la pêche ?

» — Naturellement, continuai-je, en essayant de ne pas montrer à quel point ses paroles me troublaient. La baie est bien plus grande, avec beaucoup de bateaux et de trafic maritime, mais il y a aussi, tout près, des endroits comme ici où nous pourrons pêcher. Et entre-temps tu seras devenu un vrai marin.

» — Tu es la seule personne qui peut m'apprendre ces choses-là, Maqroll. Personne ne connaît mieux la mer que toi. Je suis sûr que mon père n'en savait pas autant.

» Il me disait cela avec le sérieux de quelqu'un qui veut absolument se convaincre qu'il est dans le vrai.

» J'avais un peu repris mon sang-froid :

» — Non Jamil, tu te trompes. Personne n'en savait

plus sur la mer et les bateaux que ton père. Abdul pouvait, de très loin, calculer le tonnage d'un navire, et il ne faisait presque jamais d'erreurs en devinant où il avait été construit. Il était même capable d'indiquer la marque des machines rien qu'au bruit qu'elles faisaient. Je suis sûr que tu finiras par avoir ces facultés-là, toi aussi.

» Le petit garçon resta pensif, et je voyais passer sur son visage des ombres de doute. Il n'arrivait pas à imaginer comment, loin de moi, il pourrait acquérir de telles compétences marines. Il avait du Liban une idée approximative. Il le voyait comme un pays de montagnes et pensait que sa famille habitait au milieu de sommets enneigés. Quand on lui parlait de la côte libanaise et de Tripoli – qu'il prononçait naturellement en arabe : Tarabulus esh-Sham –, de Sidon et d'Acre, ports chargés d'histoire et de gloire maritime millénaire, Jamil montrait toujours de la surprise, comme si c'était la première fois qu'il entendait ces noms.

» Pendant les derniers mois de son séjour à Pollensa, Jamil se montra plus empressé que jamais à mon égard. Il ne savait comment m'exprimer son affection, et il n'arrivait pas à concilier son désir de voir sa mère, sa curiosité pour ce qui l'attendait, avec l'attachement qu'il éprouvait pour moi et pour la vie qu'il menait à mes côtés. Il se sentait presque coupable de m'abandonner et ne savait comment me le manifester. De là ses attentions et son zèle.

De l'autre côté de la grande fenêtre du bureau du curé, le ciel déployait cette subtile incandescence qui donne aux nuits majorquines une note que je ne peux définir. Si le terme n'avait pas quelque chose de pédant, on pourrait parler de sortilège hellénique : une sérénité où passent soudain des tremblements prémonitoires, annonciateurs d'une révélation fulgurante qui ne vient jamais. Comme si le temps, sans s'arrêter, avait changé le rythme de son cours et nous faisait cadeau d'un instant détaché d'éternité. Je prononçai quelques mots pour évoquer cela, et nous restâmes à contempler la nuit qui nous envoyait par la fenêtre grande ouverte une brise légère et parfumée d'iode et d'abîmes marins en repos. Je me dis que nous avions tous besoin de cet intermède bienfaisant avant de poursuivre l'histoire de Jamil : il était évident que le Gabier devait faire un effort très dur pour terminer son récit. Comme si elle avait deviné cela, la servante de Mossèn Ferrán apparut avec un splendide plateau de *pá amb tomáquet* accompagné d'un jambon qui s'annonçait mémorable.

— Cette merveille, dit Maqroll, mérite, mon cher Mossèn Ferrán, une boisson plus sérieuse que celle que nous buvons là.

Le curé fit un signe à la servante, et celle-ci revint avec une bouteille sans étiquette et des verres de céramique à l'aspect médiéval. Mossèn Ferrán eut un sourire satisfait et, sans faire de commentaires, servit lui-même le vin d'un noir violacé qui sentait la terre fraîchement labourée. Je ne pus que chanter les louanges de sa magnifique rusticité et le curé se contenta de préciser :

— C'est un vin de la modeste vigne que je possède au pied des montagnes d'Axartel. Je le garde pour mon usage personnel et pour ceux qui savent apprécier ce breuvage de croisés sans que leur palais s'en offusque.

Notre hôte avait raison. Grâce au pain à la tomate, à l'huile d'olive et au délicieux jambon de Majorque qui lui servaient d'accompagnement, je pus déguster dignement ce vin robuste qui nous ramenait tout à fait au temps du royaume de Majorque. Nous fîmes honneur aux mets servis avec tant d'à-propos et d'amabilité. Réconforté par le produit énergique de la vigne d'Axartel, le Gabier reprit le fil de son histoire.

— La lettre de Lina annonçant sa venue arriva trois mois après le rétablissement de Jamil. Elle nous disait qu'elle avait viré dans une banque de Beyrouth une bonne partie de ses économies et qu'elle prenait à Brême même un cargo qui la conduirait jusqu'à Palma. Le voyage prendrait une quinzaine de jours, car le bateau devait faire plusieurs escales. D'abord, Jamil fut enthousiasmé. Mais quand je me mis à transporter certaines de mes affaires dans une remise abandonnée, de l'autre côté du bâtiment, et que j'y accrochai le hamac que je conserve toujours, de manière à laisser à Jamil et à Lina l'espace que nous occupions jusque-là, le petit garçon afficha une mauvaise humeur que je tentai de dissiper comme je pus. Je ne me sentais pas non plus très sûr de moi, et la séparation imminente d'avec mon compagnon d'une longue année me plongeait dans une tristesse de plus en plus aiguë. Nos conversations sur la mer, les bateaux et les exploits des grands navigateurs se firent plus fréquentes et intenses. C'était comme si Jamil voulait conserver le plus de souvenirs possible où je sois présent.

» La masse des connaissances acquises par le petit garçon était stupéfiante. Je dus lui raconter et lui expliquer encore une fois comment on aborde de nuit à Port Swettenham et comment on va de là, par terre, à Kuala Lumpur ; le régime des marées à Saint-Malo ; les renseignements que doit communiquer un baleinier aux autorités du port de Bergen ; la vitesse des machines pour entrer dans la baie de Wigtown et s'amarrer devant Withorn pour saluer Alastair Reid ; les trois mots qu'il faut prononcer pour que s'ouvre l'écluse de Harelbecke ; les oiseaux qui restent le plus longtemps dans la mâture d'un voilier ou sur les antennes d'un cargo ; le nom du marin qui a ramené au navire le corps exsangue du capitaine Cook ; quels jours et en quelles occasions il est déconseillé de dire la messe à bord ; la marque des moteurs Diesel qui donnent le meilleur rendement ; combien de coups de cloche il faut sonner quand on jette un cadavre à la mer ; quelles armes a le droit d'emporter avec lui un capitaine au long cours, et sous quelles conditions sa famille peut l'accompagner ; les précautions que l'on doit prendre avant d'ouvrir les vantaux d'une cale en flammes ; si la navigation est facile sur le Mississippi ; les trois saints qui ont été marins ; le nom du bateau qui a coulé le premier à la bataille de Tsushima ; quels rois ont été aussi des hommes de la mer ; quels sont les signes gravés avec un couteau sur le mât de la *Marie Galante*, et quelles interprétations on en a donné ; qui décide des punitions à bord, du capitaine ou du second ; si c'est vrai qu'un mécanicien gaucher porte malheur ; combien de nœuds doit connaître un mousse de la marine marchande belge ; quelle musique on peut jouer à bord et quelle autre non ; quelle langue on parle de préférence en Terre de Feu ; comment s'appelait Pollensa au Moyen Âge ; si Abdul Bashur avait été également marin, ou seulement armateur et propriétaire de *tramp steamers* ; si j'avais moi-même déjà commandé un navire ; quel est le plus ancien de tous les pavillons qu'on voit sur les mers ; combien de temps dure la traversée en été de Kamenskoié à Seward en Alaska ; s'il est vrai que les baleines communiquent dans un langage plus compliqué que l'arabe ; qui est le plus riche, du propriétaire d'un cargo ou de celui d'un ferry de ligne. Mais, naturellement, la description qui exigeait le plus de détails était celle du passage par le cap Horn à travers le labyrinthe inextricable d'îles qui fascinait Jamil. Je dus répéter mille et mille fois mes descriptions de Valparaíso, Amsterdam, Anvers, Carthagène des Indes et Portsmouth : il ne se fatiguait jamais de les écouter, et quand j'avais le malheur d'oublier un point, le reproche fusait, immédiat. Son désir d'inscrire dans sa mémoire tous les détails de mes voyages l'obsédait tellement que, les derniers jours, il me réveillait au milieu de la nuit pour me demander le tirant d'eau des bateaux qui peuvent mouiller à La Nouvelle-Orléans ou les documents qu'il faut présenter pour passer par le canal de Panama. A peine avais-je commencé à lui répondre qu'il retombait déjà dans un profond sommeil. C'était comme s'il rêvait des fragments de ma vie ou de celle de son père. Le lendemain matin, au petit déjeuner, l'interrogatoire reprenait, implacable.

» Quand nous reçûmes le télégramme que Lina nous envoya de Barcelone pour nous annoncer son arrivée, Jamil s'enferma dans un mutisme absolu. La veille du jour où nous devions aller la chercher à Palma, je me rendis en ville pour prendre les billets de bus et réserver les places. Au retour, une surprise terrible m'attendait : tous les objets accumulés par Jamil avec tant d'amour avaient disparu. Je lui demandai où ils étaient, et il haussa les épaules d'un air renfrogné :

» — Ils sont au fond de la mer, au bout de la jetée. Ils auraient toujours dû rester là.

» Je reconnus son père tout entier dans cette réponse : la pudeur millénaire des fils du désert, jaloux de cacher leurs sentiments les plus profonds et prompts à extérioriser bruyamment les plus superficiels. Je restai sans voix et, en me voyant ainsi déconcerté, il se ferma encore plus hermétiquement. Le lendemain nous partîmes pour Palma. En arrivant, nous allâmes tout de suite au port. Lina était déjà dans la salle d'attente et nous regardait venir, les yeux pleins de larmes. Jamil courut l'embrasser, et elle le prit dans ses bras en le serrant contre sa poitrine sans pouvoir prononcer un mot. La scène m'émut si fort que je sentis un nœud se former dans ma gorge. Lorsque Lina reposa Jamil à terre, je m'approchai pour la saluer. Elle m'embrassa chaleureusement et put enfin parler :

» — Comme il a changé. C'est un homme, maintenant.

» Elle répéta cette dernière phrase plusieurs fois avec le même air stupéfait.

» J'empoignai les deux valises de Lina, et nous arrivâmes à la gare des autobus juste à temps pour prendre celui de Pollensa. Le taxi de Mossèn Ferrán n'était pas disponible. Lina était manifestement fatiguée, et son visage était encore marqué par sa vie à Brême. Elle avait maigri. Il était plus aisé de deviner la danseuse fascinante qu'elle avait dû être quelques années plus tôt. J'y fis une allusion, et elle eut un sourire content. Durant le voyage, Jamil l'étourdit par un flot de paroles, lui décrivant sa vie, ce qu'il avait appris, et tout ce qu'il savait de moi et de mes aventures. Quand nous arrivâmes à Pollensa, il avait fini par s'endormir dans les bras de sa mère. Mossèn Ferrán nous attendait et nous accompagna aux chantiers. Lina monta, portant toujours Jamil, et l'installa dans son lit. Nous nous séparâmes sans bien savoir quoi nous dire car Lina, après avoir parcouru notre logis du regard, fut de nouveau émue jusqu'aux larmes. Elle m'embrassa sur les joues et ne put que répéter entre deux sanglots : "Merci, merci, vous êtes un ange." Je crois que personne ne m'avait encore jamais dit ça. Je gagnai mon galetas en me disant que l'ange était plutôt cet enfant qui dormait avec la sérénité des élus.

» Le lendemain matin, Jamil monta dans ma soupente et se coucha à côté de moi dans le hamac. Il me dit que sa mère dormait encore et qu'elle n'allait certainement pas se réveiller tout de suite. Je lui demandai s'il était heureux, et il me répondit que oui, mais il y avait un peu d'hésitation dans sa voix. Il me regarda un moment fixement, avant de me dire :

» — Je me suis réveillé de bonne heure, et je me suis dit que tu vas rester bien seul quand nous ne serons plus là et que tu vas beaucoup me manquer. Alors j'ai eu une idée : pourquoi tu ne te maries pas avec maman ? Comme ça on vivrait tous les trois ensemble, ici ou au Liban.

» Bien entendu, Jamil n'avait pas eu cette idée tout seul. Je suis sûr qu'elle lui était venue en entendant une conversation, ici, dans la maison de Mossèn Ferrán, ou dans l'Ancien Café Mogador. J'écartai immédiatement l'hypothèse que notre ami le curé ait pu faire lui-même quelque réflexion dans ce sens, car je connais sa prudence et sa discrétion. En tout cas, j'étais sommé de répondre sans détour. Je pensai que le mieux était de lui donner une fois pour toutes les raisons qui rendaient sa demande impossible. Je lui expliquai d'abord que sa mère avait d'autres projets, toujours dans la perspective de vivre auprès des Bashur mais sans dépendre d'eux. Puis je lui rappelai le nombre de fois où nous avions récapitulé mes voyages et mes aventures sur les cinq continents et les seize mers, et constaté mon impossibilité de rester long-temps au même endroit. Certes, pour l'instant, je ne bou-geais pas de Pollensa, mais rien ne disait que c'était défi-nitif. Je retournerais à mes errances, et ce n'était pas cela que cherchait Lina, pour lui comme pour elle qui avait déjà assez couru le monde. La seule chose que je pouvais lui garantir, c'est que j'irais bientôt au Liban leur rendre visite. Mes liens avec la famille d'Abdul étaient toujours très étroits. Parmi les projets qui commençaient à se pré-ciser dans ma tête, Beyrouth tenait la première place. A la fin de mon explication, je vis que deux grosses larmes coulaient sur les joues de Jamil. Je le serrai contre moi, et nous restâmes silencieux. Quand nous entendîmes du bruit dans la chambre où dormait Linda, l'enfant descendit du hamac, me donna un rapide baiser sur le front et me dit avec la sérénité d'un adulte qui accepte son destin :

» — Je sais que personne ne me racontera les choses comme tu me les racontes. Tu es mon meilleur ami, et je ne crois pas qu'on se reverra.

» Il n'existe pas, vous le savez, de mots pour décrire ce qui se passe en nous dans un moment comme celui-là. C'était l'adieu de Jamil. Celui qui ne concernait que nous deux, sans témoins ni phrases de la dernière heure. Je restai couché dans mon hamac à repenser à ma vie, et j'arrivai à la conclusion que cet instant marquait la fin de mes pérégrinations dans ces mondes de Dieu. La suite n'avait plus d'importance. Ce serait seulement une manière de durer encore, et c'est bien là ce qui est le plus étranger à mon étoile.

» Lina revint avec Jamil et me regarda sans dire mot. Elle avait tout compris, comme seule une femme peut comprendre, par instinct et par la science infaillible du cœur féminin. Pendant le temps qu'elle a passé à Pollensa, j'ai pu confirmer et enrichir la première impression que j'avais eue d'elle. Elle appartenait à cette race en voie d'extinction des êtres qui acceptent, avec une indépendance totale et une simplicité stoïque, les devoirs et les peines que leur apporte la vie, sans se plaindre et sans essayer de les faire retomber sur les autres. Il serait hypocrite de nier aujourd'hui qu'à plusieurs reprises, ces jours-là, l'idée m'est venue que Lina pouvait être une de ces femmes qui, comme Flor Estévez ou Ilona Grabowska, possédaient toutes les conditions et les qualités requises pour partager ce qui me restait à vivre. Mais il devait être écrit quelque part en lettres indélébiles que "ce royaume qui était pour moi" ne me serait pas donné.

» Cependant je n'étais pas au bout de mes surprises. Lina m'apprit que le petit cargo tunisien qui devait la mener de Palma à Beyrouth en passant par Alexandrie et Chypre avait pour capitaine mon vieil ami, l'ami d'Abdul, l'inoubliable Vincas Blekaitis, qu'elle connaissait depuis l'époque de Bizerte et dont elle avait perdu la trace depuis des années. Elle l'avait rencontré tout à fait par hasard à l'escale que son bateau avait faite à La Rochelle. Vincas était tellement ému de la retrouver qu'il avait insisté pour qu'elle continue le voyage avec lui, car Palma se trouvait justement sur son itinéraire. Elle lui avait expliqué qu'elle avait hâte de revoir son enfant, mais ils étaient convenus de se retrouver à Palma où elle prendrait le bateau de Vincas pour se rendre au Liban. En effet, quelques jours plus tard, nous fûmes avisés de l'arrivée imminente de Vincas à Palma. Le taxi de Mossèn Ferrán nous y transporta au jour dit. Sur le quai, nous vîmes Vincas qui nous adressait de grands signes de la coursive tribord d'où il surveillait les manœuvres de chargement. Il descendit l'échelle de coupée à toute allure en lançant des exclamations dans toutes les langues qu'il connaissait. Il prit Jamil à bras-le-corps et le maintint en l'air pour le contempler avec émerveillement :

» — Regardez-moi ça, c'est vraiment le fils de Jabdul, maintenant – le brave Vincas n'avait jamais réussi à prononcer correctement le nom de notre regretté Abdul : Il a tout du moussaillon. Qu'est-ce que tu as appris avec Maqroll ? Dis-moi un peu ça.

» — Beaucoup de choses, répondit Jamil, intrigué par la barbe rousse du Lituanien.

» — Je n'en doute pas, affirma celui-ci. Moi aussi j'ai appris beaucoup de choses avec lui. Allons au port mettre tes papiers en règle.

» Ces formalités nous occupèrent jusqu'au soir. Quand

tout fut en ordre, Vincas nous ramena au bateau qui devait appareiller à minuit. Jamil regardait avec incrédulité tous les détails de la passerelle de commandement où nous étions montés pour qu'il puisse voir les instruments et les leviers qu'il touchait l'un après l'autre, émerveillé. Puis nous allâmes dans la petite cabine que Vincas leur avait réservée. Jamil monta tout de suite sur la couchette du haut et décréta avec autorité :

» — Je dormirai là. Ma mère en bas. C'est bien comme ça qu'on doit faire ?

» Et il me regarda comme pour chercher mon approbation.

» Je lui répondis qu'en effet, c'était bien comme ça qu'on devait faire. Vincas me fit signe de sortir avec lui pendant que Lina et son fils rangeaient leurs affaires. Nous montâmes sur le pont, et il me fit un éloge enflammé de l'enfant et de Lina. Je lui racontai brièvement ce qu'avait été ma vie avec Jamil à Pollensa, et les yeux presque incolores du Lituanien exprimèrent cette sympathie profonde, cette affection dont nous avions reçu, Abdul et moi, tant de preuves abondantes et inoubliables. Je lui expliquai que je ne voulais pas faire attendre le chauffeur du taxi jusqu'à minuit. Nous redescendîmes dans la cabine pour que je prenne congé des voyageurs. Lina m'étreignit longuement en silence, et Jamil se mit à pleurer, recroquevillé sur sa couchette. Je ne voulus pas prolonger cet instant et partis sans rien dire. Vincas m'accompagna à la voiture. Là, il me serra affectueusement le bras et bafouilla quelques sons incompréhensibles en me fixant dans les yeux. Il reprit le chemin du bateau d'un pas pressé, et je l'entendis qui disait dans sa langue natale : "Tant de choses, tant de choses." Il agita la main en signe d'adieu, mais sans oser me regarder. Je montai dans le taxi et nous partîmes immédiatement pour Pollensa.

De nouveau, le silence s'installa dans la bibliothèque du curé. Tout commentaire était inutile et n'aurait fait qu'accroître la peine du Gabier.

Celui-ci nous versa ce qui restait dans la bouteille, avant de dire d'une voix raffermie :

— Voilà tout ce que j'avais à vous raconter. Vous comprenez, j'en suis sûr, le réconfort que vous m'avez apporté en m'écoutant. Alejandro Obregón, quand il a suggéré que vous veniez me voir, a fait preuve comme toujours de ce que les Français appelaient en d'autres temps la *gentillesse de cœur* *.

Puis, s'adressant plus particulièrement à moi, il poursuivit :

— Vous qui avez relaté tant d'épisodes de ma vie, vous n'aviez certainement jamais imaginé entendre de ma bouche une histoire comme celle que vous m'avez fait la faveur d'écouter. Je ne sais si elle vaut la peine d'être consignée. Je me dis parfois qu'elle fait simplement partie de ce qu'un poète que j'admire beaucoup a nommé "les banals incidents de toute destinée humaine". Je ne sais pas. A vous de juger. Ce qui m'attriste, c'est que je vous ai pris toute une journée de votre séjour à Pollensa, alors que vous repartez demain pour Palma. Nous aurons encore l'occasion de nous retrouver. C'est ce que nous disons chaque fois, et les dieux nous sont chaque fois propices.

Il vida son verre et se leva pour prendre congé. Il s'inclina pour baiser la main de ma femme, en lui disant avec un pâle sourire :

— Bonne nuit, madame. Je vous suis particulièrement reconnaissant d'avoir manifesté quelque intérêt pour ce Gabier en perdition.

Il me serra la main, serra celle de Mossèn Ferrán et s'en fut vers le port. Nous le suivîmes jusqu'à la rue pour le voir disparaître dans la nuit sans lune, derrière une petite butte qui masquait les chantiers. Mossèn Ferrán nous reconduisit à notre hôtel :

— Demain matin, je passerai vous dire adieu. Vous pouvez partir tranquilles. Le pire est passé, pour notre ami. Jamil fait désormais partie des souvenirs qui, selon lui, l'aident dans la tâche de vivre chaque jour. Que Dieu vous garde et passez une bonne nuit.

Une fois dans notre chambre, je fis à ma femme quelques réflexions sur l'isolement dans lequel vivait le Gabier. La réponse fut nette :

— Mais il s'est chargé lui-même de l'expliquer, un jour, en toute clarté. Quand il n'a pas voulu garder la photo d'Abdul enfant devant les débris d'un avion détruit par le feu, il a dit qu'il ne pouvait rien conserver parce que tout lui filait entre les doigts. Pour lui, il en est de même des personnes : ou bien la mort les emporte, ou alors elles restent en arrière sur le chemin qu'il continue à suivre dans son errance sans repos. Il a créé lui-même ce fantasme. Ce que je n'aurais jamais imaginé, c'est qu'un jour, à un tournant du chemin, l'attendrait une épreuve comme celle de Jamil. On va bien voir, maintenant, ce qu'il inventera pour s'échapper de Pollensa.

Il n'y avait vraiment pas grand-chose à répondre. Il était indubitable que Jamil était le piège qui attendait notre ami, caché dans le labyrinthe aux mille détours de son irrémédiable odyssée. Comme il le disait parfois lui-même : « La pitié des dieux, si elle existe, nous est indéchiffrable, et nous arrive comme un dernier souffle de vie. Nous ne pouvons rien faire pour nous libérer de leur tutelle arbitraire. »

TABLE

Dans la collection Les Cahiers Rouges

Jules Barbey d'Aurevilly — *Les Quarante médaillons de l'Académie*
Bayon — *Haut fonctionnaire*
Béatrix Beck — *La Décharge ■ Josée dite Nancy ■ L'enfant chat*
André Brincourt — *La Parole dérobée*
Pierre Combescot — *Les Filles du Calvaire*
Jean Desbordes — *J'adore*
Dominique Fernandez — *Porporino ou les mystères de Naples*
A. Ferreira de Castro — *Forêt vierge ■ La Mission ■ Terre froide*
Francis Scott Fitzgerald — *Gatsby le Magnifique ■ Un légume*
Georges Fourest — *La Négresse blonde suivie de Le Géranium Ovipare*
Jean Freustié — *Le Droit d'aînesse ■ Proche est la mer*
Max Frisch — *Stiller*
Matthieu Galey — *Les Vitamines du vinaigre*
Claire Gallois — *Une fille cousue de fil blanc*
Nadine Gordimer — *Le Conservateur*
Benoîte Groult — *Ainsi soit-elle, précédé de Ainsi soient-elles au xxie siècle*
Daniel Halévy — *Pays parisiens*
Louis Hémon — *Maria Chapdelaine*
Pascal Jardin — *Guerre après guerre suivi de La guerre à neuf ans*
Alfred Jarry — *Les Minutes de Sable mémorial*
Comte Kessler — *Cahiers 1918-1937*
Jean de La Ville de Mirmont — *L'Horizon chimérique*
G. Lenotre — *Napoléon – Croquis de l'épopée ■ La Révolution française ■ Versailles au temps des rois*
Malcolm Lowry — *Sous le volcan*
Maurice Maeterlinck — *Le Trésor des humbles*
Luigi Malerba — *Saut de la mort ■ Le Serpent cannibale*
Clara Malraux — *...Et pourtant j'étais libre ■ Nos vingt ans*
Claude Mauriac — *Aimer de Gaulle ■ André Breton*
Anatole de Monzie — *Les Veuves abusives*
V.S. Naipaul — *Le Masseur mystique*
Harold Nicolson — *Journal 1936-1942*
René de Obaldia — *Exobiographie*
Henry Roth — *L'Or de la terre promise*
Jean-Marie Rouart — *Ils ont choisi la nuit*
Sainte-Beuve — *Mes chers amis...*
Alexandre Soljenitsyne — *L'Erreur de l'Occident*
Giorgio Vasari — *Vies des artistes*
Kurt Vonnegut — *Galápagos ■ Barbe-Bleue*